Le blogue de Namasté

>Le mystère du t-shirt

LES ÉDITIONS LA SEMAINE
2050, rue de Bleury, bureau 500
Montréal (Québec) H3A 2J5

Directrice des éditions : Annie Tonneau
Directrice artistique : Lyne Préfontaine
Coordonnatrice aux éditions : Françoise Bouchard

Directeur des opérations : Réal Paiement
Superviseure de la production : Lisette Brodeur
Assistante-contremaître : Joanie Pellerin
Infographistes : Marylène Gingras, Marie-Josée Lessard
Scanneristes : Patrick Forgues, Éric Lépine

Conceptrice graphique et logo : Marianne Tremblay
Révision : Rachel Fontaine
Photo de Maxime Roussy : Patrice Bériault
Photos intérieures : Istockphoto

© Charron Éditeur Inc.
Dépôt légal : Premier trimestre 2010
Bibliothèque et Archives nationales du Québec
Bibliothèque et Archives Canada
ISBN : 978-2-923771-03-8

Maxime Roussy

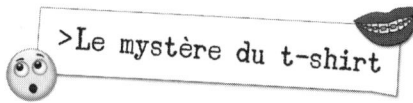

>Le mystère du t-shirt

> **Comme un arrière-goût**

Avant toute chose, récapitulons. Après le déménagement de la famille dans une nouvelle maison, j'ai passé une grande partie de l'été au chalet de Grand-Papi avec lui. Entre autres, on a recueilli un bébé renard tout mignon qu'on a sauvé de la mort certaine. Mom ne voulait pas qu'on le rapporte à la maison, on l'a fait quand même. On verra ce que ça va donner. Il y a eu aussi une rencontre avec des ours alors que j'étais nue dans le lac, Grand-Papi a failli se couper la jambe en deux avec une hache, les animaux empaillés du chalet ont hanté mes cauchemars, on a vécu une attaque de dinosaures en soucoupe volante, on a eu un GROS accident d'auto, il a fallu que je parte à la chasse aux tampons dans un hôtel. Y'a aussi le chandail de Zac qui est réapparu dans ma vie. (Je viens de me relire et l'attaque des dinosaures en soucoupe volante, c'était plutôt un mauvais rêve.)

Donc, après toutes ces péripéties, est-ce que c'était assez ? NON !

Il y a une expression anglaise que Papi m'a apprise : « Home Sweet Home ». Ça signifie qu'il n'y a pas de meilleur endroit au monde que la maison pour bien se sentir. Comme dans toute chose, il y a des exceptions à la règle.

Grand-Papi et moi sommes rentrés cette nuit. Il était deux heures du matin et tout le monde dormait dans la maison. Même mon grand frère Fred. Ce qui est assez inhabituel vu que Mom m'a dit qu'il passe tout son temps sur Internet. La connexion est plus rapide, maintenant. Paraît qu'il faut même le forcer pour qu'il prenne sa douche. Super. Il va encore falloir que je me batte avec lui pour avoir l'ordi.

Peu après avoir quitté l'« amie » de Grand-Papi, je me suis endormie dans l'auto. Parlons-en de son « amie ». Ils sont amoureux. C'est assez clair. Tu n'embrasses pas une « amie » sur la bouche. Encore moins avec la langue. Beurk! 😟

Pour ajouter encore plus de bizarre (Grand-Papi a une blonde !?), eh bien, Valérie (c'est son nom) a 38 ans ! Donc, le jour de sa naissance, Grand-Papi avait... 35 ans ! Je capote un peu pas mal. Ça fait vraiment étrange.

Mais elle est *full* gentille et belle. Elle n'arrêtait pas de me demander si j'avais besoin de quelque chose.

Quand on est entrés dans l'auto, Grand-Papi m'a demandé ce que je pensais de son « amie » (il ne savait pas que je les avais vus se, eurk, *frencher*). J'ai fait comme si je n'avais pas la chair de poule en permanence.

- Super, vraiment.

- Elle est belle, n'est-ce pas ?

- Ouais, vraiment. Et gentille.

- Écoute Namasté, faudrait que ça reste entre toi et moi, d'accord ?

- Pourquoi ?

- Eh bien, je ne veux pas tracasser ta mère. Elle pourrait mal le prendre.

Je n'ai pas posé d'autres questions, parce que Grand-Papi devait aller faire le plein. Je me demande bien pourquoi ma mère pourrait mal prendre le fait que son père ait une amie ; elle va mourir sur place. Mais bon. Est-ce que c'est vraiment de nos affaires ? C'est une bonne nouvelle dans le fond, ça fait tellement longtemps qu'il est seul.

En me réveillant, Grand-Papi m'a dit que nous étions arrivés « à la maison ». J'étais confuse, j'ai pensé qu'on était à mon autre maison, celle qu'on a dû quitter parce que Pop a été muté dans une autre base militaire. J'ai été *full* déçue quand j'ai constaté que j'entrais dans la nouvelle maison. Loin de ma *best*, loin de mon école, loin de mon quartier que je connaissais par cœur. Est-ce que je vais pouvoir m'y habituer un jour ?

C'était comme si, après des vacances d'été super géniales, il fallait retourner à la « vraie » vie, la plate avec sa routine et ses désagréments. Tsé, j'étais contente ce matin de revoir Pop et Mom. Mais pas tant que ça. J'étais bien dans la cabane au fond des bois avec Grand-Papi et Youki mon petit chien d'aaammmmooouuuurrr. Et sans oublier le renardeau H'aïme qui, au début du voyage, poussait des petits cris de panique qui m'ont brisé le cœur. J'ai demandé à Grand-Papi si on pouvait faire quelque chose, il m'a répondu qu'il allait s'endormir. Effectivement, quelques instants plus tard, il avait les yeux fermés et roupillait comme un bébé naissant, le ventre plein de lait (*wow*, je suis une vraie poétesse). C'est tant mieux parce que je n'étais plus capable de l'entendre geindre. Il faisait trop pitié !

J'ai compris pourquoi Fred n'était pas sur l'ordi : il y avait une panne d'électricité. C'était une excellente chose parce qu'on devait faire entrer H'aïme le-re-nardeau-tout-mignon dans la maison sans se faire voir. J'ai demandé à Grand-Papi s'il avait un plan, vu que Mom ne veut rien savoir de le garder à la maison. Il m'a dit qu'il n'en avait pas du tout et qu'il allait voir comment ça allait se passer. *Wow*. Ça m'a tellement rassurée !

- Si Mom le découvre, qu'est-ce qui va se passer ?

Sérieux comme tout, il m'a répondu :

- On va le mettre dans le micro-ondes, le faire cuire pendant vingt minutes et le manger.

Je lui ai donné un coup sur l'épaule.

- T'es pas drôle.

Non, pas drôle. Parce que je n'ai pas le goût qu'on le rapporte à la Société protectrice des animaux et qu'après, on l'utilise pour faire des expériences. Genre lui injecter des maladies impossibles à guérir ou le tor-turer en lui faisant écouter de la musique country.

(...)

Fred vient de se lever. Il ne m'a même pas dit bon-jour, il a juste grogné : « T'en as pour longtemps avec l'ordi ? ». Allô ? Ça fait genre un mois et quelques qu'on ne s'est pas vus ? Tu ne pourrais pas me demander comment je vais ?

Il fait le pied de grue devant l'ordi et ça m'énerve au max. Je n'ai pas fini de raconter ce qui s'est passé cette nuit. Quand je suis allée me coucher, j'ai eu le choc de l'année (un autre ! est-ce que mon corps pourra encore en prendre avant que mes organes ne cessent de fonctionner les uns après les autres ?).

Je pense que je vais étrangler mon frère. Il est comme un animal affamé qui s'apprête à sauter sur sa proie.

À plus.

Publié le 20 août à 16 h 04 par Nam
Humeur : Massacrante

> Tassez-vous !

J'ai fait une sieste cet après-midi parce qu'après le dîner, je cognais des clous. Je viens de me réveiller et je suis de très mauvaise humeur. Je ne me suis pas levée d'un seul mauvais pied, mais des deux. Ma mère est entrée dans ma chambre SANS COGNER 😠. Et là, elle a demandé : « Nam ? Est-ce que tu dors ? ». Je suis couchée dans mon lit. J'ai les yeux fermés. Il fait sombre parce que j'ai baissé les stores. Et elle me demande si je dors ?! Qu'est-ce qu'elle croyait que je faisais ? Que j'entaillais des érables pour récolter leur sève ? Que je faisais de la planche à neige ?

J'ai ouvert les yeux et j'ai marmonné quelque chose d'incompréhensible. J'étais toute mélangée. Mon oreiller était tout mouillé, imbibé de ma salive. Super chic. Et je venais de faire un mauvais rêve. Je découvrais que H'aïme, mon renardeau, avait été kidnappé par des terroristes qui l'avaient torturé en lui faisant pousser une de ces coupes de cheveux affreuses que l'on voit dans les films des années 80. Je ne me rappelle plus comment on appelle ça. C'est court sur le dessus et sur les côtés et long en arrière. Je l'ai : une coupe Longueuil !

Dans mon rêve, je n'arrêtais pas de pleurer, je lui disais que j'étais désolée de l'avoir abandonné et que dès que ça allait être possible, j'allais lui couper les cheveux. C'était complètement débile.

Mom s'est assise à côté de moi et m'a annoncé, comme si c'était la nouvelle du siècle : « J'ai réussi à t'avoir un rendez-vous chez le dentiste demain à sept heures ». Ark !

- Sept heures du soir ? je lui ai demandé.

- Non. Du matin.

Du matin ??? Je ne me lève même pas à cette heure quand je vais à l'école ! Ils sont fous ? Ils veulent vraiment que ce soit l'expérience la plus désagréable de ma vie ?

J'ai saisi ma couverture et je me suis retournée en m'enroulant dedans.

- Tu peux y aller si tu veux, mais moi, je dors à cette heure-là.

- On doit partir d'ici à 6 h 30. Arrange-toi pour être prête.

OK. Elle ne pouvait pas attendre que je me lève avant de m'apprendre cette nouvelle d'une grande importance ? C'était quoi l'urgence ?!

Je suis tellement de mauvaise humeur que Fred, quand il a approché de l'ordi pour me demander quand j'allais lui rendre, a reculé. C'est peut-être les crocs qui ont poussé dans ma bouche qui l'ont effrayé. Ou mes yeux rouges. Ou les piquants qui m'ont poussé dans le dos.

J'irais bien marcher ou rouler à bicyclette pour m'aérer les esprits, mais il pleut. Tout va super bien!

(...)

Mom est entrée et m'a remis une lettre. L'inscription dans ma nouvelle poly est dans cinq jours. C'est VRAI-MENT ce qu'il me fallait pour me redonner le sourire.

Nam

[1 commentaire]

* *

Vous voudriez rouler 100 kilomètres
avec un seul litre d'essence?
C'est maintenant possible!
Composée de billes microscopiques formées
de neutrons d'hydrogène et de silicium,
l'huile à moteur Speed Lubrificant Economy
vous permettra d'économiser des milliers
de dollars par année! Peut aussi servir de
délicieuse vinaigrette.
Commandez-la maintenant!
www.speedlubrificanteconomy.com

* *

Publié le 20 août à 22 h 13 par Nam
Humeur : Cafardeuse

> Bonne nouvelle, je n'ai étranglé personne

C'est fou à quel point mon frère a changé. Entre le moment où je suis partie au chalet avec Grand-Papi et celui où je suis revenue, il s'est transformé, ce n'est plus le même gars. Avant, il pouvait dire un mot ou deux dans une journée. Ou grogner pour exprimer ses sentiments. Maintenant, plus rien. Il est devenu muet, complètement obsédé par son jeu vidéo stupide. Il ne mange presque plus. Il ne se lave plus non plus (je sais, je me répète, mais ça commence à sentir). Il est nerveux. Il se ronge les ongles et la peau tout autour. Il est toujours en train de tapoter du pied. Quand c'est mon tour à l'ordi, il me regarde comme si j'allais commettre un crime, il ne peut pas me lâcher des yeux. Je lui ai dit d'arrêter de me regarder comme si j'étais une tueuse, ça n'a rien changé. Il a fallu qu'il reçoive mon stylo dans le front pour avoir une réaction. Toute une réaction, d'ailleurs : il a cligné des yeux.

Il a tout fait pour échanger mes heures d'ordi. Genre, il m'a promis plein d'argent. Je n'ai pas mordu, il n'a pas un sou dans son compte en banque. Il avait promis à Mom de se trouver un boulot pendant l'été, mais il l'a passé à jouer à l'ordi.

Mom dit que c'est sa manière à lui de réagir aux changements. Que ça va passer. Mais j'ai comme

16

l'impression qu'il est devenu accro à son jeu. Comme s'il était drogué. C'est un truc qui se joue en ligne. T'as un personnage et le but est de ramasser le plus d'expérience possible. Plus tu en as, plus t'es puissant. Donc plus tu joues, plus t'es *hot*. Peut-être que Fred, dans l'univers de son jeu, est vraiment un type *cool*, mais dans la vraie vie, eh bien, c'est une épave. Tintin est à la maison depuis longtemps et ils ne se parlent même plus. Et c'est son meilleur ami !

Parlant de Tintin... Je n'ai pas encore terminé l'histoire de mon arrivée à la maison. Donc, on entre à deux heures du matin, tout le monde dort. Grand-Papi se dirige immédiatement dans sa chambre avec H'aïme le renard coquin tandis que moi, supra fatiguée, je file directement dans ma chambre. Même s'il fait noir, je constate que mon fameux lit à baldaquin est arrivé et qu'on l'a même monté. Trop crevée pour sauter de joie et chanter une chanson à répondre, je me laisse tomber sur le matelas. Sauf que... Sauf qu'il y a quelqu'un dans mon lit. Je pousse un cri de surprise. J'essaie d'allumer ma lampe de chevet, mais y'a une panne d'électricité. Je vois que ça bouge dans mon lit. Je m'apprête à crier au meurtre quand une torche illumine un visage de... princesse avec de la barbe. 😮 Elle a posé un doigt sur ses lèvres.

- Chut !

Ça te réveille une ado endormie, ça ! J'ai compris que Tintin dormait dans mon lit déguisé en princesse.

Avec la robe rose, le maquillage et la couronne dans les cheveux.

– Mais qu'est-ce que tu fais là ?!

– Je dors.

– Ouais, OK, ça, j'avais deviné. Mais t'es dans MON lit déguisé en princesse. Est-ce qu'il faut que je te demande la permission pour *freaker* ?

Tintin s'est confondu en excuses. Il a tenté de m'expliquer pourquoi il était habillé de la sorte, je n'ai rien compris à son charabia (il était question d'intensité, de rythme et de la femme en lui), la seule chose que je désirais vraiment était de dormir. Finalement, je l'ai poussé hors du lit et lui ai dit d'aller dormir ailleurs. Il est allé sur le canapé du salon, je crois. Sauf que mes draps avaient pris son odeur et ça m'a dérangée. Pas qu'il sente mauvais, c'est juste que j'aime être dans mes odeurs. J'ai dormi par terre, finalement. Youki était tout déstabilisé. Dès que j'ai ouvert les yeux, je suis allée mettre mes draps au lavage.

Mom m'a appris que les parents de Tintin ont accepté qu'ils s'inscrivent à l'école ici. En fait, ce ne sont pas vraiment ses parents, ce sont ses tuteurs. C'est *full* complexe ses trucs familiaux. En tout cas, s'il habite dans notre maison, il peut s'habiller en princesse tant qu'il le veut, mais il ne dormira pas dans la même chambre que moi !

Je suis allée voir mon petit H'aïme chéri. Grand-Papi lui a fait un nid dans sa garde-robe. Il lui a même montré à faire ses besoins dans une litière ! Quand il m'a vu, il m'a léché le visage. Trop *cute* ! Grand-Papi m'a dit qu'il était parvenu à sortir dehors avec lui sans que Mom s'en aperçoive.

- Et si elle te voit ?

- Je lui dirai que c'est un écureuil.

Ben oui ! Me semble qu'elle va gober ça !

J'ai donné un coup de fil à Mart, ça faisait *full* longtemps qu'on s'était parlé. Elle avait l'air vraiment contente de m'entendre. Elle m'a appris qu'elle avait un nouvel amoureux ! Mathieu, il s'appelle. Elle m'a dit qu'elle allait m'envoyer sa photo par courriel. On n'a pas discuté longtemps parce qu'elle s'en allait souper chez lui. Ça fait vraiment biz de savoir que ma *best* a un *chum* que je n'ai jamais vu.

Je suis déprimée. Vraiment. Je vois tout ce qui s'en vient dans les prochains jours, les broches, l'inscription à l'école, le début des cours et je ne veux pas. Je veux m'endormir jusqu'au mois de novembre, tiens. Genre me faire « cryogéner » comme Walt Disney (OK, je sais que c'est une légende urbaine, je ne suis pas si naïve…).

Prochaine fois que j'écrirai un billet, j'aurai 20 livres d'acier dans la bouche.

Yé.

> Je suis un robot

Ça y est. C'est fait : j'ai une tonne d'acier dans la bouche. La sensation est vraiment *weird*. Difficile à expliquer. C'est désagréable, mais pas trop douloureux. C'est comme si j'avais des morceaux de nourriture coincés entre les dents. Ça gosse. Et je suis AFFREUSE ! J'essaie de garder ma bouche fermée le plus possible, mais bon, pas super pratique pour parler. Je vais devoir devenir ventriloque !

(Bon, un aparté, parce que depuis ce matin, je n'arrête pas de penser à ça. Quand je me suis levée ce matin, Fred était ENCORE à l'ordi ! Il ne s'était même pas couché ! Et quand je suis revenue il y a quelques minutes... il était TOUJOURS là ! C'est une maladie, son affaire. Devant lui, y'avait genre dix canettes de boisson énergétique. Il a fallu que Mom le force à aller se coucher, sa peau était grise.)

Revenons aux circuits électriques qu'on a mis dans ma bouche. Parce que mon dentiste habite à l'autre bout de la Terre, je suis allée en voir un nouveau. En fait, c'est un orthodontiste. Et il est VRAIMENT *cool*. Et drôle. Et beau. 😍 Genre dans la trentaine. Les cheveux frisés. Des yeux rieurs. Il s'appelle Simon.

Quand je suis entrée dans son cabinet, j'étais sûre que j'allais passer les pires minutes de ma vie (en fait, l'intervention a duré deux heures!). Mais parce qu'il a été super gentil et qu'il n'arrêtait pas de dire des niaiseries, ça a passé très vite.

Bon, y'a son assistante qui était un peu nounoune... Par deux fois, elle s'est trompée de dossier. C'est elle que j'ai vue en premier. Elle s'est assise à côté de moi et a commencé à m'expliquer ce qu'ils allaient me faire : me piquer pour m'anesthésier, éliminer tout ce qu'il y a de vivant dans la dent, gratter l'intérieur de la dent pour s'assurer qu'il ne reste plus rien... Quoi?! LA dent? Je ne sais vraiment pas de quoi elle parlait. J'ai commencé à avoir peur. Elle a regardé le nom sur le dossier, puis elle m'a demandé :

- T'as pas 38 ans, toi?

- Non, 14.

Elle s'est mise à ricaner.

- Je me suis trompée de dossier. Je crois que c'est celui-là.

Elle en a pris un autre sur le comptoir et sans regarder le nom, elle l'a ouvert.

- Bon... Alors... Oui... OK. Je reviens.

Effectivement, elle est revenue. Avec une boîte.

- Pauvre petite, elle m'a dit. Ce ne sera pas facile.

Wow ! Super rassurante, la fille !

Elle a ouvert la boîte et elle a sorti... des dentiers !

- Une fois qu'on aura arraché toutes tes dents, il faudra prendre une empreinte de tes gencives...

- Un instant, j'ai dit. M'arracher toutes les dents ?

- Oui. C'est écrit ici que t'es là pour ça.

- Non, non. Je me fais poser des broches.

- C'est Audrey, ton nom ?

- Non.

- T'es sûre ?

- Ben, ouais.

J'étais déjà assez nerveuse, je ne voulais pas me battre avec l'orthodontiste pour l'empêcher de m'arracher toutes mes dents !

- Ah oui, je vois... J'ai mélangé les dossiers.

Là, je me suis dit qu'on était passé à côté d'une catastrophe. Une vraie de vraie. Une chance que j'ai réagi et qu'ils ne m'ont pas endormie. Je me serais réveillée avec la bouche d'une grand-mère de 261 ans !

Finalement, elle a mis de l'ordre dans ses dossiers.

- C'est donc Namasté, ton nom.

- Oui.

- C'est un prénom bizarre.

Bizarre ? Ça veut dire quoi, ça ? 😕 Elle s'appelait Gisèle, j'aurais pu lui répondre que c'est laid, comme prénom. Mais bon, je suis bien élevée.

Elle m'a fait choisir la couleur de mes broches. Des rose fluo, des vert fluo, des bleu fluo... OK, le but, c'est qu'elles ne paraissent pas, non ? Tant qu'à y être, pourquoi ne pas leur mettre des lumières de Noël clignotantes ? Finalement, j'ai choisi un truc qui cachait les broches, comme pour les rendre transparentes.

(...)

Je viens de parler à Tintin, qui va devenir mon vrai frère, si ça continue. J'échange avec lui genre 100 fois plus qu'avec Fred. Là, Tintin m'a dit qu'avec mes broches, j'étais genre vraiment *cute*. Je lui ai dit qu'il était aveugle.

Et la discussion a dérivé sur le fait que l'être humain se robotisait de plus en plus et que si on n'intervenait pas, il y aurait bientôt une guerre entre les vrais humains et ceux qui sont modifiés (comme moi). En tout cas, je n'ai rien compris.

Le dîner est prêt, je reviens.

(Je ne sais vraiment pas comment je vais faire pour manger !)

Comment
fait-on pour
parler de la gorge ?

> Je dois trouver un nom à ma marionnette

OK. Je CA-PO-TE. Je me suis observée dans le miroir pendant genre 15 minutes et sous tous les angles. Je suis vraiment laide. Même quand j'ai la bouche fermée ça se voit que j'ai des broches. Genre je ressemble à l'amoureuse du monstre du docteur Frankenstein, mais avec l'air d'une fille qui a une gastro et qui vient de se taper le pouce avec un marteau. Les broches ont changé la physionomie de mon visage. Je suis moche. Et ce sera ainsi pour la prochaine année, au moins !

En plus, ça change ma manière de parler. J'ai essayé de faire un exercice de diction. Échec total. J'avais l'air d'être en état d'ébriété. Faut que je devienne ventriloque. Les gens, au lieu de me regarder quand je vais parler, vont plutôt s'adresser à ma poupée qui donne la chair de poule.

En plus, ma bouche produit une quantité phénoménale de salive. Je vais devoir porter une bavette. Super ! Je vais vraiment être la fille la plus populaire de l'école !

- Eh ! T'as vu la nouvelle fille ? Ouais, celle qui parle comme si elle avait bu trois bières en une minute, ressemble à un monstre de films poches et bave ? Ouais, celle qui a des broches et qui parle par l'entremise d'une poupée qui fait dresser les cheveux sur la tête. Eh bien, je me suis approché et elle parle la même langue que nous !

Mom m'avait préparé un sandwich pour dîner, coupé en huit morceaux comme si j'avais trois ans. Ce fut une catastrophe. Je n'avais jamais essayé de mâchouiller un repas avec ma langue. Simon l'orthodontiste m'avait avertie que ça allait être « un peu difficile » au début de manger. « Un peu difficile » ? Non : pénible ! Il faut que je mastique avec mon palais. C'est comme vraiment pas naturel.

Pour revenir à l'intervention d'aujourd'hui, une fois que Simon est entré dans la pièce, tout s'est super bien passé. J'étais vraiment tendue sur la chaise. Tout de suite il m'a dit : « Ne t'énerve pas, dis-toi que ça va être cent fois pire que ce que tu penses ».

J'aime les gens qui ont ce genre d'humour.

Il m'a demandé si je voulais écouter de la musique, j'ai dit « peut-être ». (Réponse poche, j'étais intimidée.)

- T'as un choix en particulier ?

J'ai fait non de la tête.

- D'ac. Tu l'auras voulu !

Alors il a mis des chansons des années 80 ! J'ai même plusieurs d'entre elles dans mon lecteur MP3. Je le lui ai dit. Il m'a fait un clin d'œil.

- Toi et moi, on est faits pour faire équipe.

Moment humiliant : l'assistante a inséré dans ma bouche un truc pour la garder ouverte. Je ne me suis pas vue, mais je suis sûre que j'avais l'air d'une porte de garage. Puis elle a asséché mes dents et a inséré un tube dans ma bouche pour aspirer la salive. Ils ont mis de la colle sur mes dents, le carré de métal, puis on a projeté une lumière bleue pour créer une réaction chimique entre la dent, la colle et le morceau de métal. Simon m'a fait porter des lunettes pour « protéger mes jolis yeux ».

Tout au long de la procédure, il me faisait des sourires quand son regard croisait le mien. Je ne voyais pas sa bouche parce qu'elle était couverte d'un masque, mais ses yeux riaient. Il me faisait des clins d'œil. Je ne me suis jamais sentie aussi vulnérable et, en même temps, en sécurité.

Le drame dans toute cette histoire est que je ne peux plus manger de réglisse rouge ! C'est une catastrophe. C'est formellement interdit, c'est écrit sur la liste des aliments défendus. Je dois éviter toutes les sucreries. Le caramel, les bonbons durs, le chocolat, ça me va. Mais la réglisse rouge ?! Impossible ! L'assistante-dentaire a ajouté que je pouvais « tricher » en mangeant du Jell-O une fois de temps en temps. *Wow* ! Du Jell-O. Je vais devenir une vraie délinquante. Faudra m'emprisonner.

Puis elle m'a parlé de mes dents comme si c'était des petites bêtes fragiles.

- Là, il va falloir que tu leur fasses attention, tu dois absolument éviter de manger du beurre d'arachide, en-tre autres. Sinon, tes broches vont être malheureuses et elles vont te rendre malheureuse.

Hein? Je ne savais pas que mes broches avaient des sentiments. Est-ce que je vais pouvoir discuter avec elles? Est-ce qu'elles vont me réveiller la nuit pour me dire que je ronfle? Est-ce que je vais devoir leur demander leur avis avant d'ouvrir la bouche?

Avant de partir, je me suis plainte que ça commençait à faire mal. Simon m'a donné une pilule contre la douleur et m'a dit que pour les prochains jours, j'allais peut-être en avoir besoin. Pour l'instant, ça tire un peu, mais ça va.

(...)

Je viens d'envoyer des messages sur Messager à Mart. C'est écrit qu'elle est « occupée ». Habituellement, même si c'est vraiment le cas, elle me répond. Pas là. Ça me fait suer.

Mon frère vient de se lever. Surprise : il veut l'ordi.

Nam

J'ai MAL!

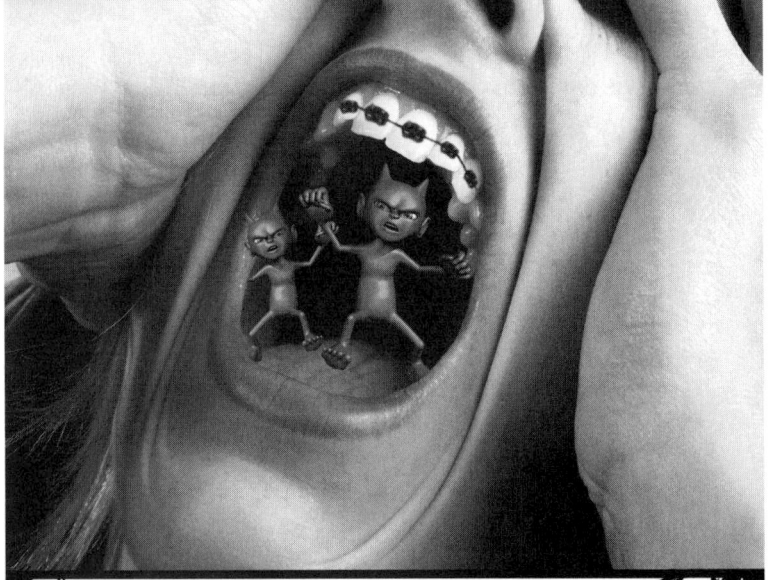

NamX♡x

Publié le 22 août à 2 h 13 par Nam
Humeur : Souffrante

> Ouch!

OK, là, j'ai vraiment mal. C'est comme si on prenait une pince et qu'on serrait mes dents avec. En plus, on les forcerait à prendre des directions différentes. Je CA-PO-TE vraiment. Il est deux heures du mat et je n'arrive pas à dormir. Je faisais ma fraîche à l'heure du souper, quand Mom m'a demandé comment j'allais, j'ai dit « super bien, y'a rien là, des broches ». Même si je commençais à avoir un peu mal.

J'ai dû réveiller ma mère, tellement je souffre. J'en pleure. Elle m'a dit que c'était « normal » et que ça allait « passer ». Elle doit être au courant, c'est une infirmière. Elle m'a donné des antidouleurs et m'a fait manger une tranche de pain (avec mon palais et ma langue) parce que les médicaments pourraient me donner mal à l'estomac. Pendant que j'attends qu'ils fassent effet, je souffre le martyre. Quand j'ai ouvert les yeux, je croyais qu'on était en train de m'arracher les lèvres par l'intérieur. Allez, je dois me changer les idées.

J'ai passé la soirée à garder. Ouais, les jumeaux Pincourt, Maximilien et Maxence. C'est madame Pincourt qui a parlé à Pop qui lui a passé Mom, parce que mon père dit qu'il ne s'occupe pas de ces « affaires-là ». Je faisais des «non» de la tête à ma mère (parce que je ne pouvais pas parler!), mais Mom a accepté à ma place. Elle a ajouté que j'avais eu une dure journée et que voir les jumeaux « ME FERAIT DU BIEN ». 😮 Ah! Ah! Laissez-moi rire!

J'ai vraiment tout essayé pour qu'elle retire ses paroles. Je lui ai fait des grands gestes avec mes bras, je lui ai même lancé un crayon. Un peu plus et je me mettais à jouer de la trompette en faisant de la corde à danser pour qu'elle me remarque (je sais qu'il me faudrait quatre bras pour y arriver, mais bon, c'est une image).

Lorsqu'elle a raccroché, j'ai essayé de protester, mais je n'ai pas pu, de peur d'avoir la diction d'une fille qui a bu six bières en dix minutes. J'ai fait des yeux méchants méchants méchants à Mom. La seule chose qu'elle a trouvée à me dire est que les jumeaux s'ennuyaient de moi. Voyons donc! C'est n'importe quoi. On est nouveaux dans le quartier, ils n'ont pas encore leur réputation de dévoreurs de gardiennes. Madame Pincourt aurait facilement pu s'en trouver une autre.

Je suis allée visiter mon petit renard d'amour qui dormait. Je ne l'ai pas réveillé, je me suis étendue sur le lit de Grand-Papi et je l'ai observé. Puis j'ai pensé aux jumeaux et j'ai commencé à me dire qu'ils avaient peut-être changé, qu'ils étaient peut-être genre plus matures. Et là, j'ai laissé mon imagination vagabonder. J'ai imaginé que j'arrivais chez eux et qu'ils me sautaient dans les bras. Et ils avaient confectionné une banderole qui disait « On t'aime, Namasté ». Et ils m'invitaient dans le salon où ils me jouaient un extrait d'une comédie musicale qu'ils avaient écrite en mon honneur. Et puis à l'heure du coucher, ils me donnaient un baiser sur la joue et s'en allaient dans leur lit, main dans la main, sans dire un mot.

J'y croyais VRAIMENT. Je suppose que ce sont les effets secondaires des antidouleurs parce que, bien évidemment, ça ne s'est pas passé du tout comme ça.

Parlant de médicaments, mes yeux se ferment tout seuls. Je retourne dans mon lit.

> Un peu moins ouch

Première nuit complète avec mes broches. Je n'en veux plus. Je veux retourner chez Simon et lui ordonner de me les enlever. Je ne peux pas croire que je vais passer les douze prochains mois avec une mine de fer dans la bouche. Je n'y arriverai pas. Je vais virer complètement folle avant. M'en fous d'avoir les dents croches.

J'ai moins mal, mais j'ai l'impression que l'intérieur de mes lèvres sont percées de broches. Dans le miroir j'ai vu que mes broches sont étampées dedans. Pas agréable. Vraiment pas.

Sans le dire à Mom, j'ai appelé à la clinique et j'ai demandé à parler à Simon. La secrétaire m'a plutôt passé sa sympathique assistante. Ce n'est vraiment pas à elle que je voulais parler. J'ai commencé par lui dire que j'avais mal. Elle m'a interrompue, disant que Simon était occupé avec un patient et qu'il ne pourrait pas me parler avant la fin de la journée. Et là, comme si je n'avais pas compris la première fois, elle m'a répété que je ne devais pas manger du caramel, du chocolat (ark!), du beurre d'arachide et tout le reste. Rapport!? J'ai commencé à beugler « Siiiiimmmmmmooooonnnnnnn! ». S'il y avait eu un policier dans les environs, c'est sûr qu'il se serait rué sur la maison, croyant que je venais d'être victime d'un crime et que j'appelais à l'aide.

En tout cas, je crois que j'ai fait peur à l'assistante parce qu'elle a littéralement laissé tomber le combiné et elle est allée le chercher.

Simon a pris le temps de m'écouter. Il m'a dit qu'il me comprenait, qu'il a déjà eu des broches lui aussi. Qu'il compatissait avec moi. Qu'à chaque fois qu'il allait ajuster mes broches, ça allait être un peu douloureux. Qu'avec le temps, j'allais m'habituer et que dans une semaine ou deux, je ne les sentirais plus, il me l'a juré. Si ce n'est pas le cas, il m'a promis de faire mes devoirs de maths pendant un mois. Ahhh ! Trop gentil ! 😊 En raccrochant, je n'avais plus envie de me les arracher avec un fer à souder. Je vais prendre mon « mal en patience », comme dit Grand-Papi.

Je n'ai pas raconté comment ça s'était passé avec les jumeaux Pincourt hier soir… Mes fantasmes ne se sont vraiment pas réalisés. Les jumeaux ont été affreux.

Premièrement, ils n'ont pas arrêté de se moquer de moi. Durant toute la soirée, ils me demandaient d'ouvrir la bouche et quand je le faisais, ils riaient comme des petits fous. Deuxièmement, ils n'arrivaient pas à comprendre ce que je disais (moi non plus, d'ailleurs). Quand je leur demandais de ramasser leurs jouets, ça donnait : « Ramacher fo chouets ». Madame Pincourt m'a dit avant de partir de ne pas hésiter à hausser le ton quand il le fallait. Alors c'était pire. Ça a donné : « Aachez o ouets ! » Et quand je me suis vraiment fâchée, ç'a été : « A-EZ O OUAIS ! » Comme des perroquets, ils ont commencé à m'imiter.

Je me suis enfermée dans la salle de bains quelques instants, le temps de faire pipi (et de reprendre mes esprits). Quand je suis sortie, les jumeaux avaient disparu. Pire, je n'entendais aucun bruit, ce qui était vraiment mauvais signe.

– Maxence ? Maximilien ? Où êtes-vous ?

J'imaginais le pire, évidemment. Pour une fois, le pire n'est pas arrivé. J'ai entendu une voix provenant de l'étage supérieur :

– On joue à la cachette ! Tu dois nous trouver !

Enfin un jeu constructif. Erreur. J'ai passé une demi-heure à les chercher ! Une maison que je ne connaissais même pas. Chaque fois que j'entrais dans une pièce, je devais tâter les murs afin d'allumer la lumière. Et je ne sais pas pourquoi, mais j'avais toujours peur de tomber sur quelque chose que je n'aurais pas dû voir. Genre une énorme collection de souliers roses ou une porte qui mène dans une autre dimension. Le genre de truc qui m'aurait fait perdre tous mes cheveux.

Après dix minutes, j'en avais assez : je leur ai demandé de se montrer. Je n'avais aucune idée où ils pouvaient être. Le silence était inquiétant. Jusqu'à ce qu'un cri me fasse sursauter.

Il venait de la salle de bains. Maxence avait persuadé Maximilien de pénétrer dans la sécheuse parce que c'était une « excellente cachette », ce qu'il a fait. Dès qu'il y est entré, son frère a refermé la porte et a appuyé sur le bouton démarrer. Je ne sais pas combien de tours il a faits, mais quand il en est sorti, il ne pouvait pas marcher droit. Je me suis penchée pour lui demander comment il allait. C'est à ce moment qu'il a vomi un arc-en-ciel sur moi. Des trucs bleu, rouge, vert et jaune. À l'odeur, j'ai compris que c'était des bonbons. Plus tard, j'ai réalisé que pendant que moi, la méga nounoune, je les cherchais, ils étaient allés faire une razzia dans une boîte de vieux bonbons d'Halloween qu'ils ont trouvée. Mais genre, une méchante razzia. J'ai trouvé plus de cinquante emballages. Et ils ont évidemment pris les plus dégoûtants. Des affaires en gelée et en guimauve. Et du chocolat. Beurk ! Je déteste le chocolat.

Pendant que j'essayais de mettre Maximilien dans le bain (et qu'il continuait à me vomir DESSUS 😕), Maxence a décidé d'être solidaire et il a lui aussi commencé à dégobiller partout. C'était comme une fontaine multicolore dégueulasse. Et plus l'un des jumeaux vomissait, plus l'autre en rajoutait. Et puis ça s'arrêtait. Et ça repartait. Évidemment, ils ne visaient pas la baignoire, plutôt les murs. OK. J'exagère peut-être un peu. C'était terrible quand même !

Dépassée par les événements, à un moment donné, je suis sortie de la salle de bains, j'ai refermé la porte et j'ai attendu qu'ils se calment. Quand j'y suis retournée, Maxence a levé les yeux vers moi et il m'a dit : « J'ai vomi ». Il faisait trop pitié !

Je leur ai donné un bain, je les ai couchés même s'il n'était pas encore l'heure (ils n'ont pas rouspété) et j'ai attendu genre dix minutes, juste pour voir si madame Pincourt n'arriverait pas. Et… Elle est arrivée ! Je lui ai expliqué ce qui s'était passé et je l'ai aidée à faire le ménage de la salle de bains. Et elle m'a remis… cinquante dollars ! Avant de partir, elle m'a demandé comment les jumeaux avaient été. Je ne sais pas ce qui m'a pris, mais j'ai dit avec ma diction déficiente : « Parfaits. Ils ont été parfaits ». Pfff ! N'importe quoi.

Bon, mon ortho de frère est étendu sur le plancher et il est en train d'avoir des convulsions avec de la bave blanche qui sort de sa bouche. Je dois lui laisser l'ordi.

Bienvenue
chez nous

Nam✗♡✗

Publié le 22 août à 17 h 32 par Nam
Humeur : Allègre
(première fois que je l'utilise, celui-là)

> Un nouveau venu dans la famille

Trop *cool*! Grand-Papi s'est acheté un nouvel ordi cet après-midi. Et le plus génial là-dedans ? Il me le prête pour toujours! Dans le sens qu'il va s'en servir quand il en aura besoin. Le reste du temps, il sera à moi. 😃

Ça veut dire que je ne serai plus obligée de donner des coups de spatule sur la tête de Fred pour utiliser l'ordi.

Une chance qu'il y a eu cette bonne nouvelle cet après-midi parce que je commençais à déprimer sérieusement. Et quand je déprime, je pense inévitablement à Zac. Et ça me fait mal. Encore. Des fois, je ne sais pas pourquoi, mais juste pour avoir mal, je pense à lui. Je sais que ce n'est pas trop sain, mais bon, je ne peux pas m'en empêcher. C'est plus fort que moi. On dirait que ça me fait du bien. C'est con, je sais.

Je voulais aller faire un tour à bicyclette, mais il pleuvait à mort. Donc je suis restée à l'intérieur. Pendant que mon frère est allé faire une sieste (quand je lui ai fait remarquer qu'il avait le teint vert, il m'a dit qu'il avait dormi deux heures en deux jours parce qu'il faisait de l'insomnie), je me suis branchée à Messager. Et là, j'ai vu qu'il y avait Mart. Je lui ai envoyé un message. Elle ne m'a pas répondu. Quand je lui en ai envoyé un autre, elle s'est débranchée. Ou elle m'a bloquée. En tout cas, si c'est ça qu'elle a fait, c'est vraiment chien. Avant, je savais tout d'elle. Maintenant, *niet.* Elle ne m'envoie même pas de courriels. C'est poche. Je crois que je n'ai plus de *best.*

Finalement, parce que j'étais seule et que je trouvais que je faisais vraiment pitié, j'ai eu une pseudo-discussion avec Isabelle, une fille qui était dans mon cours d'éthique, je crois. Je l'avais ajoutée à ma liste quand on avait travaillé en équipe. Un truc qui demandait de répondre si oui ou non c'était moral de voler même si c'est pour nourrir notre famille. Ou c'était peut-être pour un exposé sur les CO2. En tout cas, c'était nul parce que j'avais tout fait toute seule, finalement.

Donc j'ai abordé Isabelle et elle ne m'a pas reconnue, même si je me suis décrite en détail presque jusqu'à la couleur de ma petite culotte. Et quand je lui ai demandé si elle avait passé un bel été, elle m'a probablement trouvée tellement collante qu'elle a décidé de me bloquer. Un autre rejet. Génial.

C'est alors que Grand-Papi est arrivé et il m'a proposé d'aller au centre d'achats avec lui. Je n'avais aucune idée de ce qu'il voulait acheter. Quinze minutes après avoir mis les pieds dans le magasin, on est ressortis avec un ordinateur portable ! Grand-Papi m'a expliqué qu'il voulait correspondre avec son amie. Il trouve cela plus « romantique » que le téléphone. Et il est sûr que ma mère se doute de quelque chose parce que dans les derniers jours, il a passé plus de temps au téléphone que dans toute sa vie. On dirait qu'il a douze ans et qu'il a peur de se faire prendre en flagrant délit amoureux. Trop *cute*.

J'ai changé de sujet. Ça me rend mal à l'aise, tout ça. Je ne veux pas savoir ce qui se passe dans la vie sentimentale de mon grand-père. Ça lui appartient, mettons, mais je suis quand même contente pour lui. J'ai peur qu'à la prochaine étape, il me demande des conseils. Et si ça arrive, eh bien, il y a des cheveux blancs qui vont me pousser sur la tête.

Alors donc, je suis dans mon grand lit à baldaquin, avec l'ordi sur les genoux et j'écris. Et ça me tente de plus en plus de commencer un roman. Pour vrai, là.

Je m'en vais souper, ça sent la sauce à spaghetti dans la maison.

[1 commentaire]

* *

Tanné de votre ordinosaure?
Un portable tout neuf, ça vous dirait?
Si vous envoyez ce message à dix de vos
contacts, une semaine plus tard, vous allez
en recevoir un par la poste. GARANTI!
Pouvez-vous vraiment passer à côté
de cette chance unique??!!
www.ordineufetgratuit.com

* *

```
Publié le 22 août à 19 h 21 par Nam
Humeur : les nerfs en boule
```

> Elle m'énerve!

Je suis assise dans le fauteuil du salon, comme une bonne petite fille sage. Et je suis vraiment *frue*. Ma mère ne veut pas que j'utilise l'ordi dans ma chambre. Et tout ça, c'est la faute de qui? Mon crétin de frère.

Aujourd'hui, c'était l'inscription des secondaires 4 et 5 à l'école. Mon frère devait évidemment s'y rendre pour aller chercher son agenda, prendre possession de son casier, rapporter la liste des trucs scolaires à acheter et tout le reste. Tintin y est allé aussi parce qu'il passera l'année avec nous, finalement. C'est officiel. Son tuteur a dit oui. Il a une histoire de famille vraiment compliquée, celui-là. J'ai posé des questions à Mom, mais elle ne veut pas m'en parler parce que c'est « personnel », dit-elle. J'haïs ça ne pas être au courant. En tout cas, un jour je vais m'arranger pour tout savoir.

Mon frère est parti avec Tintin le matin, ils se sont rendus à l'école et là, eh bien, Fred a disparu. Avant cela, il avait demandé à Tintin de ramasser son agenda et de mettre son cadenas sur son casier. Et il était où mon frérot au lieu d'être à l'école et de s'occuper de sa rentrée? Dans un café internet, à jouer à son jeu! Il a dit à Tintin que c'était plus « payant » pour lui de jouer pour ramasser des points d'expérience que d'aller à l'école! Il est vraiment tombé sur la tête.

Mais ce n'est pas ça, le pire. Le pire, c'est que lorsqu'il est revenu à la maison pour le souper, ma mère n'était pas de bonne humeur. Elle l'a vraiment engueulé, genre elle lui a dit que l'été était terminé, qu'il fallait qu'il affronte la vraie vie et que s'il faisait une autre connerie du genre, il n'aurait plus droit à l'ordinateur. Jusqu'ici, tout allait bien. Mon frère avait décidé de ne pas manger et il est allé, évidemment, se brancher à l'ordi pour jouer.

C'est à ce moment que ça s'est corsé : Grand-Papi a dit à Mom qu'il s'était acheté un nouvel ordi. Et j'ai ajouté qu'il me le prêterait. J'ai aussi dit qu'un portable c'était *cool* parce que je pouvais écrire couchée sur mon lit. Et c'est là qu'elle m'a dit qu'elle ne voulait pas que j'utilise l'ordi dans ma chambre.

- Pourquoi ?!

- Parce que je veux que ce soit dans un endroit passant.

- C'est quoi le rapport ?

- Le rapport est que je veux être capable de voir ce que tu fais.

C'est n'importe quoi. Quand j'utilise l'ordi de la famille, elle ne vient *jamais* voir.

- Je ne fais rien de mal. J'écris mon blogue et je *tchatte* avec mes amis.

- C'est ce que tu dis !

- C'est vrai !

- Je ne veux pas que tu deviennes esclave de cette machine comme ton frère.

Je me suis levée et je suis allée me réfugier dans ma chambre. Ce n'est tellement pas la même chose! Mon frère joue à des jeux en ligne. Moi, j'écris. Et je peux passer trois jours sans ordinateur sans tomber dans un coma.

Mom est venue me voir et elle m'a expliqué qu'elle préférait que je sois dans le salon quand j'utilise l'ordi. Et elle a ajouté qu'elle ne voudrait pas qu'une vidéo de moi toute nue se retrouve sur Internet!!! 😫 Quoi?!

- C'est ce qui est arrivé à une fille de ton âge. J'ai entendu cette histoire à la radio.

Qu'est-ce qu'elle croit? Que dès que je me retrouve seule avec mon ordi, il y a un pouvoir obscur qui me force à me déshabiller et à me filmer afin d'envoyer le tout sur le Net?

- Et en plus, il y a plein de trucs bizarres qui ne sont pas pour une fille de ton âge.

Qu'est-ce que c'est que cette histoire? La seule affaire vraiment bizarre qui puisse se produire quand j'écris mon blogue ou que je *tchatte* est que Tintin surgisse devant moi maquillé en clown avec un perroquet sur son épaule.

- Mom, *come on*.

- J'en ai assez avec ton frère. S'il fallait que ça te transforme, toi aussi…

Et elle est partie. Maintenant, si je veux utiliser l'ordi, je dois être dans un endroit « passant ».

C'est juste con.

Publié le 22 août à 22 h 39 par Nam
Humeur : Calmée

> Elle m'énerve moins

Bon. C'est arrangé avec Mom. Et aussi surprenant que cela puisse paraître, c'est Grand-Papi qui lui a parlé. Je ne sais vraiment pas ce qu'il lui a dit, mais elle est revenue me voir et m'a dit que je pouvais utiliser l'ordi dans ma chambre quand j'écrivais mon roman, à la condition que ma porte reste ouverte. Ça, ça ne me dérange pas.

(…)

Je viens de parler à Grand-Papi. Il vient de m'expliquer que c'est sa copine qui lui a donné tous les arguments. Je l'adore, elle ! Sauf qu'il a dit à Mom que j'écrivais un roman et qu'il me fallait du calme pour mon inspiration… Je lui avais demandé de garder ça pour lui. Mais bon, je lui pardonne parce que c'est pour une bonne cause. Mom a été attendrie d'apprendre que j'avais ce genre de projet. Ça va lui enlever l'idée qu'Internet va corrompre mon âme (presque) pure. De toute façon, quand je n'écrirai pas, ce sera dans un milieu passant.

Demain, ce sera à mon tour de me rendre à l'école pour l'inscription. Je n'ai pas hâte. Tintin m'a dit que l'école était moche. Genre que c'est super grand, sur un seul étage, que tous les murs sont beiges et qu'il n'y a pas une fenêtre qui s'ouvre. Et il y a sûrement un donjon où on torture parce qu'il y a des élèves qui disparaissent à chaque année (OK, c'est moi qui vient d'inventer ce détail). On est plus de 2 500 élèves. C'est trop gros ! Il y en avait 500 dans mon autre école. Et c'est sûr que je vais me perdre là-dedans ! 😕 En plus, je ne connais personne. Et même si je veux me faire des nouveaux amis, avec mes broches, ils vont penser, à cause de ma diction, que je viens d'une autre planète.

Au moins, mon frère connaît Tintin. Moi, je n'ai personne. À moins que j'amène avec moi une amie imaginaire… Ouain, parler toute seule ne va pas vraiment m'aider.

Je sens que je vais mal dormir. Ça m'énerve, tout ça. Je suis allée sur le site internet du réseau des transports en commun. Pour me rendre à l'école, je dois prendre l'autobus 35. Je dois y être pour 10 h. Donc, pour ne pas arriver en retard, je dois prendre celui qui passe au coin de ma rue à 9 h 17. L'autre est 20 minutes plus tard et j'arriverais trop tard.

Je n'ai tellement pas le goût. Je préfèrerais me faire poser d'autres broches. OK, je niaise. Ce n'est pas SI pire. Même si Simon avait raison : je m'accommode de plus en plus de mes broches. Même si je me trouve aussi moche.

Je vais me coucher.

Première journée d'école

Namxox

Publié le 23 août à 7 h 57 par Nam
Humeur : Nerveuse

> Reposée, au moins

J'aurais aimé dire que j'ai passé une mauvaise nuit, mais la vérité est que j'ai dormi super bien et profondément. J'ai fait de beaux rêves, en plus. Je ne me rappelle pas trop ce que c'était (je sais que dans l'un d'eux j'étais un papillon ou une marguerite ou une marguerite avec les ailes d'un papillon). J'ai ouvert les yeux quand mon réveille-matin a sonné, je me sentais parfaitement bien. J'avais beau essayer de me convaincre que la journée allait être l'enfer, ça n'a pas fonctionné : je suis *full* de bonne humeur. J'ai même chanté lorsque j'ai pris ma douche. Un peu plus et des oiseaux venaient me rejoindre et pépiaient avec moi.

Vraiment, ça va bien. Je tente de me convaincre que je suis une misérable fille qui s'en va à l'abattoir, mais rien n'y fait. Et quand je me suis regardée dans le miroir et que je me suis souri, je me suis trouvée belle avec mes broches. Genre que ça me donne un « genre » (c'est laid deux « genre » dans la même phrase ; j'ai pas le temps de la reformuler, mais j'ai le temps d'écrire que je n'ai pas le temps de la reformuler).

J'avoue que j'ai peur. Peur de ne pas me faire des amies. Peur d'être ridiculisée. Peur de me perdre. Peur d'être rejetée. Peur d'être kidnappée par un bourreau. Peur de tout, finalement. Mais cette peur, dans le fond, m'excite. C'est trop bizarre… Je vois peut-être cette expérience comme un défi.

Est-ce que je veux me comprendre? Non.

Ça me fait suer d'aller à l'école seule. Oh… Un instant. Je viens d'avoir une idée.

Hé, hé… ☺

Mon école
(ou presque)

Namx♡x

Publié le 23 août à 21 h 03 par Nam
Humeur : Soulagée

> Une chance que j'étais reposée

Wow! Méchante journée. La plus éprouvante de ma vie! Incroyable.

Par où je devrais commencer… OK. Tintin avait raison : l'école est laide. Vraiment laide. Elle ressemble à une prison. Il y a même des barbelés autour d'une des clôtures! Bon, c'est parce qu'il y a un centre pour ados en difficultés à côté, mais quand même! Ça compte.

Tout est beige à l'intérieur. Les casiers, les murs et les planchers. Et c'est une suite ininterrompue de corridors qui semblent ne mener nulle part. Toutes les classes se ressemblent, il n'y a que le chiffre au-dessus de la porte qui change. Je n'ai aucune idée comment je vais faire pour m'y retrouver. Va me falloir un GPS. Ou un chien-guide, comme les aveugles.

C'est une bâtisse construite dans les années 70, à l'époque où, j'imagine, ils croyaient que les ados étaient des bêtes féroces qu'il fallait enfermer dans des cages de béton BEIGES. Mon ancienne école avait beaucoup plus de style.

C'est la seule chose négative de la journée. Tout le reste s'est super bien passé. Ou presque. ☺

Je me suis fait une nouvelle amie! Et ça n'a pas pris de temps : je l'ai rencontrée à l'arrêt d'autobus. Elle s'appelle Kim et elle est vraiment chouette. Quand je suis arrivée à l'arrêt, elle m'a fait un sourire. Je lui ai rendu.

Je dois ajouter un détail : elle est Chinoise. Je veux dire qu'elle est d'origine chinoise. Ça ne me dérange pas du tout. C'est juste étrange d'entendre une fille avec les yeux bridés parler avec le même accent que le mien. Où j'habitais avant, les Asiatiques parlaient d'une manière reconnaissable. Je veux dire que quand on fermait les yeux, on pouvait deviner d'où la personne venait rien qu'à l'écouter parler.

Je dois dire que j'avais eu une super bonne idée pour ne pas me sentir seule. OK, à bien y penser, ce n'était pas vraiment une bonne idée. C'était même franchement une mauvaise idée : j'avais apporté H'aïme avec moi. Je me disais qu'il allait rester tranquille et que personne n'allait s'en rendre compte. ERREUR !

J'ai posé une serviette dans le fond de mon sac et je l'ai mis dedans, en laissant une partie de la fermeture Éclair ouverte pour qu'il respire. Grand-Papi dormait encore, j'imagine que s'il m'avait vue faire il m'en aurait empêchée. Je lui ai laissé un message sur sa commode pour ne pas qu'il le cherche.

Le renardeau-tout-mignon n'a pas trop réagi quand je l'ai mis dans le sac. Je me suis dit que c'était de bon augure.

Donc, j'arrive à l'arrêt d'autobus, Kim me fait un sourire, elle me demande ce que j'écoute dans mon lecteur MP3, je lui réponds de la « vieille musique ».

- Quel genre de vieille musique ?

- Des trucs avant ma naissance. Des chansons des années 80.

Elle a ouvert tout grands les yeux :

- Vraiment ?! C'est ce que j'écoute aussi !

Trop *cool* ! Elle m'a passé ses écouteurs et j'ai écouté. C'était vrai ! Je croyais que personne n'écoutait ça sauf moi !

L'autobus est arrivé et quand je suis entrée, je me suis rendu compte que j'avais oublié la carte de transport que Mom m'a achetée. Ça commençait bien ! J'ai expliqué la situation au chauffeur, mais cette espèce de gros air bête moustachu n'a rien voulu savoir. Kim a payé pour moi. 🙂 Elle m'a fait un clin d'œil et m'a dit qu'elle s'attendait à ce que j'écrive son nom sur mon testament.

- J'ai pas l'intention de mourir, je lui ai répondu. Merci, je m'en rappellerai.

Nous nous sommes assises sur le banc arrière de l'autobus.

- Oublie ça, elle m'a dit. Si t'as oublié ta carte, Gaston ne va jamais te laisser passer. Même s'il te voit tous les matins de la semaine. C'est un tueur, ce mec.

- Gaston ?

- Ouais, le chauffeur.

- Tu connais son nom ?

- Pas du tout. Tu ne trouves pas qu'il a une face de Gaston ?

Je suis partie à rire.

- En plus, je suis sûre que sa moustache cache quelque chose.

- Comme quoi ?

- Un tatouage. Ou un gros grain de beauté. Ou une affreuse cicatrice qu'il a eue après s'être battu avec un ado qui a essayé d'entrer dans son autobus sans avoir sa carte. Je sais que c'est dur quand on est une nouvelle. On apprend à la dure.

C'est à ce moment que mon aventure avec le renardeau a mal tourné. Je l'avais complètement oublié, lui. Le moteur a poussé un bruit aigu que H'aïme n'a pas du tout aimé. Il a commencé à remuer. Et mon sac s'est mis à bouger. Je l'ai collé sur mon corps et j'ai fait semblant qu'il ne se passait rien. Mais H'aïme a poussé des petits cris.

- Qu'est-ce que t'as là-dedans ? a demandé Kim.

- Rien.

- Un « rien » qui bouge et couine ?

J'ai regardé autour de moi et j'ai entrouvert la fermeture Éclair de mon sac. Une tête poilue est apparue.

- Ohhhh ! a fait Kim. Trop *cute* !

Elle a posé sa main sur sa tête. H'aïme a sorti sa langue et a léché sa main.

- Mais qu'est-ce que tu fais avec ça ?

- Je voulais lui montrer ma nouvelle école.

- Mais tu n'as pas le droit !

J'ai joué la niaiseuse.

- Vraiment ?

- On ne peut pas apporter d'animaux à l'école. Sauf si t'as un frère, ça ne compte pas.

Elle a le sens de l'humour. Elle est pince-sans-rire, en plus. J'adore !

J'ai réussi à calmer le renardeau en flattant sa tête.

Une fois arrivées devant l'école, dès que nous sommes sorties de l'autobus, il m'a semblé qu'elle connaissait tout le monde. Il ne se passait pas trente secondes sans qu'on la salue ou qu'elle demande à quelqu'un si il ou elle avait passé un bel été. Et en plus, elle me présentait comme si j'étais son amie. *Wow*. Ça faisait, genre, une demi-heure qu'on se connaissait. 😊

Elle m'a nommé tout le monde. Évidemment, je ne me rappelle d'aucun nom. Et pour chaque personne, elle m'a donné des détails sur leur histoire. Un exemple :

- Elle, c'est Sabrina. Elle est déjà sortie avec lui là-bas, le gars qui porte un short bleu. Tu le vois ? Ils se sont quittés après une semaine. Personne ne sait vraiment pourquoi, mais il paraît que les parents de Sabrina ne voulaient pas qu'elle ait un *chum*. Et là-bas, la grande maigre, c'est Josiane. Super fine. Josiane ! Salut ! Elle a gagné un concours l'année dernière avec une bourse de 1000 $ pour ses études. Elle le méritait vraiment.

Ce qui était génial ? Jamais rien de négatif à dire. Toujours des gentillesses ou des informations objectives.

Ça n'arrêtait pas ! Hallucinant.

- C'est incroyable, je lui ai dit, tout le monde te connaît.

- Je connais tout le monde. Voilà la nuance. Je me suis présentée pour devenir présidente de niveau l'année dernière. Tu sais quoi ? J'ai appris les noms de tout le monde par cœur. Plus de 400 élèves.

- Et t'as gagné ?

Elle m'a fait un clin d'œil.

- Bien sûr.

Kim m'a fait visiter l'école.

- OK, à la caf, tu ne commandes JAMAIS de poutine, d'ac ? JAMAIS. La sauce est tellement mauvaise que ça va brûler toutes tes papilles gustatives et tu ne pourras plus jamais rien goûter de ta vie. Regarde ma langue.

Elle l'a tirée. J'ai découvert qu'elle aussi portait des broches.

- J'ai aussi des broches, je lui ai dit, comme si c'était un objet de fierté.

- Fait suer, n'est-ce pas ?

- Ouais.

- Je me colle des aimants sur les dents, des fois. Ça t'arrive ?

- Euh, non. Pas vraiment.

- Tu devrais. C'est divertissant.

Nous sommes allées chercher la liste des trucs qu'il faut acheter pour la rentrée, puis notre horaire et le numéro de casier qu'on nous assignait. On est dans la même classe et nos casiers sont côte à côte !

- On était faites pour se rencontrer, a dit Kim.

(...)

Bon, je dois laisser l'ordi à Grand-Papi. Il m'a demandé si je pouvais lui « prêter » son ordi. Il est drôle, l'ordi lui appartient !

Je reviens plus tard, j'ai encore trop de choses à raconter. Il y a eu *full* rebondissements dans la journée.

Nouvel accessoire dentaire

Namx♡x

Publié le 24 août à 8 h 58 par Nam
Humeur : Soulagée

> Oups, je me suis endormie

Je devais continuer mon histoire hier soir, mais je me suis laissé tenter par mon lit. Je me suis dit que j'allais fermer les yeux juste quelques minutes, le temps de reprendre un peu de force. Je me suis finalement réveillée à six heures du mat, encore habillée avec la lumière allumée. J'ai mis mon pyjama, je suis allée me brosser les dents et je me suis recouchée. Et ça fait genre une demi-heure que je suis levée. J'étais vraiment crevée.

Après le déjeuner, je suis allée à la salle de bains et, observant mes broches, je me suis rappelée ce que Kim avait dit. Je suis allée dans la trousse de couture de Mom. Revenue dans la salle de bains, j'ai collé l'aimant qui sert à ramasser les aiguilles sur mes dents. Ça tient! J'ai l'air totalement ridicule. Mais non, ça m'a amusée pour 43 secondes. Je l'ai même montré à Tintin qui m'a dit que je pourrais partir une nouvelle mode. Pas sûre…

Où j'étais rendue avec mon histoire d'hier… Ah oui. Tout allait à merveille jusqu'à ce que je décide d'aller à la salle de bains. J'ai laissé tous mes trucs à Kim et quand je suis revenue, le visage paniqué, elle m'a dit :

- Il vient de se sauver.

- Qui ?

60

- Le renard. Je voulais le caresser et j'ai ouvert trop grand le sac.

La sachant pince-sans-rire, je ne suis pas entrée dans son jeu. Elle me faisait une blague, j'en étais sûre.

- Il va se rendre compte que la loi de la jungle est plus cruelle dans une polyvalente que dans la forêt.

Elle a mis la main sur mon bras.

- Je ne te niaise pas. Il s'est sauvé pour vrai.

Je me suis penchée et en touchant mon sac, j'ai su qu'elle disait la vérité. 👀 Les yeux gros comme des boulettes de viande hachée, je lui ai demandé :

- Il est parti où ?

Elle a pointé droit devant elle. Un corridor si grand qu'on n'en voyait même pas la fin. Il n'y avait que quelques élèves qui discutaient. Aucun d'entre eux ne semblait avoir vu mon bébé renard.

- T'es sûre qu'il est parti par là ?

- Oui, et je suis désolée !

- Pas le temps des excuses. Il faut le retrouver, et vite !

TOUTES les portes des classes étaient ouvertes. Et plusieurs casiers n'étaient pas encore cadenassés. H'aïme avait plein d'endroits où se cacher. Il pouvait se faufiler dans un trou pas plus grand que celui d'un tuyau de sécheuse. Plus les minutes s'écoulaient, plus mon cœur s'emballait. Mon cerveau allait à cent milles à l'heure. Je pensais à toutes les horreurs qu'un pauvre petit animal sans défense pourrait subir. Le pire : il lui faudrait se nourrir des restants de la cafétéria. Quel supplice !

Après l'avoir cherché dans une classe en regardant sous chaque table, j'ai remarqué que Kim avait disparu. Elle est revenue quelques minutes plus tard.

- Tu ne l'as pas vu ?

- Non. Mais je suis allée avertir le directeur.

Toujours avec mes yeux de boulettes de steak haché :

- Non ! Je suis dans le pétrin !

- Je lui ai dit que t'étais nouvelle et que pour te réconforter, t'aimais te promener avec ton rat géant.

- Mon rat géant ?! C'est un renard !

- Je le sais, mais je trouvais que ça faisait moins bizarre. Non ?

- Non ! Vraiment pas ! Il ne ressemble pas une miette à un rat.

À ce moment, on a entendu des cris provenant du corridor. On s'est précipitées à l'extérieur. H'aïme trottinait dans la direction contraire à la nôtre. Au passage, il faisait crier quelques filles.

- Il n'est pas dangereux, j'ai dit.

- C'est un rat géant gentil ! a ajouté Kim.

Je pensais qu'en me voyant, le renard allait me sauter dans les bras, genre trop heureux que je sois son sauveur, mais pas du tout : il est parti à courir ! Et comme une folle, je me suis mise à le pourchasser.

Finalement, il est entré dans une classe où un concierge qui lavait le plancher est parvenu à l'intercepter. Un géant, le gars. Genre au moins deux mètres. Les cheveux noir et blanc, mais il n'avait quand même pas l'air trop vieux. Peut-être quarante ans. Il s'est penché pour l'attraper.

- Attention, il peut mordre !

- Moi aussi je peux mordre, a dit le concierge.

Il a pris délicatement H'aïme et me l'a tendu :

- C'est à toi ?

Kim est arrivée.

- Killer ! elle a dit. Je t'adore, t'as attrapé le rat géant gentil.

- Killer ? j'ai demandé.

- Ouais, c'est mon surnom, a dit le concierge.

- Killer comme dans « tueur » ?

- Ouais, a dit Kim. Allez, mets-le dans le sac avant qu'il ne se sauve encore.

Probablement parce que son escapade lui a plu, H'aïme ne s'est pas laissé faire. Je suis tout de même parvenue à le faire entrer dans le sac.

- OK, on doit partir, a dit Kim. Merci, Killer.

- Super. À plus.

Il a continué à laver le plancher avec sa vadrouille.

Kim m'a tirée par le bras.

- On n'a plus rien à faire ici. On doit disparaître avant que le directeur n'apparaisse.

Encore étonnée par la rencontre que je venais de faire, je lui ai demandé :

- Vous l'appelez vraiment Killer ?

- Ouais. C'est son surnom. Il s'appelle Claude.

- Je peux te demander s'il a mérité son surnom ?

- Bien sûr. On n'appelle pas quelqu'un Killer juste pour le fun. C'est un ex-prisonnier. Il a tué genre une dizaine de personnes. Il a passé deux ou trois ans dans un hôpital psychiatrique parce qu'il était tellement fou qu'il n'était pas criminellement responsable. Ne t'inquiète pas, il prend des médicaments.

- Vraiment !?

Elle a esquissé un sourire. Elle m'a eue d'aplomb. Je croyais vraiment qu'elle me disait la vérité.

- J'te niaise ! Son surnom, c'est de l'ironie. Quand il trouve un insecte dans l'école, il ne le tue pas, il va plutôt le porter dehors. C'est le gars le plus doux que je connaisse.

(…)

On vient de sonner à la porte. C'est Kim ! 😃 On va passer la journée ensemble. À plus !

Le retour du rat géant gentil

Namx♡x

> ### > Ça sent le roussi

La vie est tellement imprévisible. Moi qui pensais que dans cette nouvelle ville, j'allais mourir seule avec mon chien dans mes bras… Voilà que j'ai passé la journée avec une nouvelle amie ! On a comparé nos chansons des années 80. Elle en a en masse ! Genre trois fois plus que moi. Elle a numérisé les vieilles cassettes de ses parents, c'est pour ça qu'elle en a tant. Moi, je dois les acheter une à une. À 99 ¢ chacune, ça fait un trou dans le budget. De toute façon, elle m'en a donné *full.* 🙂 J'en ai tellement que tous les MP3 n'entrent pas dans mon lecteur. Va falloir que je fasse le ménage ou que je m'en achète un plus gros. Hé, hé…

Est-ce que j'ai écrit que c'était ma voisine ? Son père, c'est lui qui m'a prêté un ordi pour que je puisse écrire au chalet de Grand-Papi. Quel drôle de hasard ! Je n'en revenais pas quand, de retour de l'école, on a pris le même chemin en sortant de l'autobus. Le monde est petit, faut croire.

Bon, parlant de l'école, la fuite de H'aïme a eu des répercussions. Je croyais que j'allais m'en tirer sans trop de problèmes, mais je ne crois pas que ce sera le cas. Quelqu'un de l'école a parlé à Mom au téléphone. C'est le directeur, je pense. Il lui a dit qu'on avait retrouvé mon « rat géant », mais qu'il était mort « après s'être pris le cou dans un piège à la cafétéria ». Et qu'il était formellement interdit d'apporter des animaux à l'école, « aussi domestiques soient-ils » (Mom a pris des notes, c'est pour ça que je peux le citer). Et que si j'avais besoin de « soutien psychologique pour contrer (mes) angoisses », je pourrais consulter l'infirmière qui saurait me diriger « au professionnel adéquat ».

Là, j'ai eu droit à un interrogatoire en règle. Mom voulait savoir ce qui s'était passé. J'ai plaidé que je n'en avais aucune idée et qu'il s'était probablement trompé. C'est ce qu'elle lui a dit parce qu'elle le saurait si j'avais un rat géant.

(Ce n'est pas un rat géant, c'est un bébé RENARD! 😬)

Et là, je lui ai sorti une histoire pas possible. Tellement stupide que j'ai honte de la raconter. Je lui ai dit que Kim avait apporté son rat à l'école et que, parce qu'elle est la présidente de niveau, elle ne voulait pas être punie. Alors c'est moi qui me suis portée volontaire, prétendant que le rat était à moi. C'est n'importe quoi, vraiment.

Je l'ai échappé belle.

C'est rendu que j'ai hâte que l'école commence. Quel revirement de situation !

Je vais souper. Après, Kim vient à la maison. Je ne sais pas ce qu'on va faire. Placoter et écouter de la musique, sûrement. On a toujours des trucs à se dire.

> Appelez les pompiers, ça brûle!

Mom est vraiment furieuse contre moi. On vient d'avoir une discussion interminable de genre trois heures (OK, c'était plus une demi-heure). Quand Kim est arrivée après le souper, ma mère lui a dit que le directeur avait appelé ici pour lui apprendre que son « rat géant » était mort. Kim, évidemment, n'a pas compris. Je lui ai fait un clin d'œil, mais Mom l'a vu. J'ai su que j'étais cuite.

À 20 heures, Mom est venue dans ma chambre et a demandé à Kim de partir. Et elle m'a parlé. Je n'avais aucune défense, je me suis laissé brasser comme une poupée. J'ai vraiment gaffé.

Elle s'est rendue chez les parents de Kim et leur a parlé du rat géant. Et la mère de Kim lui a répondu qu'il s'agissait plutôt d'un renard que j'avais apporté à l'école.

Je me sens *full* mal. 😞 J'aurais dû me douter que mon histoire n'allait pas tenir la route. Trop pleine de trous. Trop facile de vérifier que c'était de la *schnoute* en conserve. Et en plus, je me sens humiliée. Qu'est-ce que les parents de Kim vont penser de moi? Que je suis une menteuse? Que lorsque j'ai des problèmes, je m'arrange pour les mettre sur les épaules des autres? J'haïs ça me sentir comme ça. Je me sens nulle.

Évidemment, il a fallu que je révèle à ma mère qu'on avait rapporté le petit renard sans son consentement et cela même si on savait qu'elle ne voulait pas. Et que c'est Grand-Papi qui l'a dans sa chambre. Elle veut qu'on s'en débarrasse et demande que j'appelle la Société protectrice des animaux dès demain. Je lui ai répondu que le renard s'entendait super bien avec le chien et qu'il ne faisait pas de bruit, à tel point qu'elle ne s'était même pas rendu compte de sa présence dans la maison.

J'ai le goût de pleurer. Elle est partie parler à Grand-Papi. Je l'ai rarement vue fâchée comme ça.

C'est vraiment con de mentir. C'est juste une question de temps avant de se faire prendre. Je me rappelle, quand j'étais plus jeune, j'avais genre six ans. J'ai brisé le pot d'une plante de ma mère. C'était une orchidée. Vraiment belle. Et elle fleurissait une fois par année. En voulant aller sentir la fleur, j'ai perdu l'équilibre et j'ai effleuré le pot qui s'est fracassé au sol. J'ai tout ramassé du mieux que j'ai pu. J'ai utilisé l'aspirateur pour les morceaux de poterie et la terre. J'ai replanté l'orchidée (qui n'avait pas apprécié la chute et, surtout, l'atterrissage) dans un autre pot. Et j'ai fait comme si de rien n'était.

Sauf que ma mère s'en est rendu compte. Évidemment. Elle a posé des questions, j'ai fait l'innocente. Elle avait remarqué que le sac de l'aspi était percé par les morceaux tranchants du pot. J'ai même accusé mon frère qui ignorait que ma mère avait une orchidée.

Finalement, j'ai avoué que c'était moi parce que je n'avais plus le choix. Je me suis sentie vraiment mal. Je ne pouvais plus regarder ma mère dans les yeux.

Eh bien je me sens comme si j'avais six ans. Sauf que j'en ai quatorze.

Je vais vomir, je pense.

> C'est la guerre

Je viens de *tchatter* avec Kim. Tout est correct de son bord. Ses parents ne croient pas que je suis une méga menteuse bonne à être lancée aux lions affamés. Elle est vraiment désolée de ce qui arrive. Elle dit que c'est sa faute ! Genre que si elle n'avait pas ouvert mon sac et que le renardeau ne s'était pas sauvé, rien de tout cela ne se serait produit. Elle est bien gentille, mais tout est vraiment de ma faute. Je n'aurais pas dû mentir. Ou j'aurais plutôt dû « mieux mentir ». C'est ce qu'a déclaré Grand-Papi avec son drôle de sens de l'humour. Trop curieuse de savoir ce que Mom lui avait dit, je suis allée le voir quand elle a quitté sa chambre. J'ai vu que H'aïme était sur ses genoux, je n'ai pas pu me retenir de pleurer.

- Arrête, m'a dit Grand-Papi, on va le garder.

- Comment ça ?

- Parce que je l'ai décidé.

- Mom a changé d'idée ?

- Non. Mais je compte y arriver.

- Comment ?

Il m'a fait un clin d'œil.

- Tu verras. Elle est persuadée que j'ai une très mauvaise influence sur toi. Exactement ce que je disais de ses amies quand elle avait ton âge. C'est l'effet boomerang, faut croire.

- Une « très » mauvaise influence ? *Wow*, c'est intense.

- Comme tu dis. Je crois qu'elle passe un mauvais moment.

Mon regard s'est tourné une autre fois vers le renardeau.

- Mais qu'est-ce que tu vas faire pour le garder ?

- Tu verras. Je suis vieux, mais j'en ai encore dedans.

Il a ri bizarrement. En tout cas, si c'était une blague, je ne l'ai pas comprise.

Quand je suis entrée dans ma chambre, j'ai entendu ma mère gueuler. Cette fois, c'était contre mon frère. Qui était encore à l'ordi. Je crois qu'elle lui parlait et qu'il ne la regardait même pas. Ça l'insulte au plus haut point quand on fait ça. Elle dit que c'est par les yeux qu'elle voit si on est sincère. C'est aussi par les yeux qu'elle remarque nos véritables intentions. Il n'y a vraiment rien de scientifique là-dedans, mais quand on la regarde dans le blanc des yeux, elle sait toujours ce à quoi on pense. Ça fait peur. On ne peut rien lui cacher. Elle dit que c'est normal parce que c'est elle qui nous a tricotés.

Je suis allée voir ce qui se passait parce que c'est assez rare que Mom crie. Elle engueulait mon frère qui continuait à jouer à son jeu vidéo. Il faisait comme si elle n'était pas là. Il était hypnotisé par le moniteur. Il ne clignait même pas des yeux.

Ma mère reprochait à mon frère plein de trucs. Comme de ne pas avoir pris sa douche depuis une semaine, de faire comme si personne n'existait, pas même Tintin, son meilleur ami. Il était censé refaire son inscription à l'école aujourd'hui et il n'est même pas allé, prétendant qu'il ne se sentait pas bien. Mais il était assez en forme pour jouer à son jeu stupide. Sans compter qu'on aurait dit qu'une tornade était passée dans sa chambre, puis pour s'assurer que ce soit un vrai bordel, elle serait passée une deuxième fois, puis une troisième. En plus, Fred a perdu du poids et il a le teint vert alors que l'été vient tout juste de se terminer. Et ses cheveux… Il pourrait produire de la Vaseline avec.

Là, Pop est arrivé. Et ça a pas mal bardé. Il s'est adressé à Fred comme s'il était un de ses soldats. Ils s'ignorent la plupart du temps, mais quand ils s'affrontent, ça fait des flammèches. Pop n'a pas de milieu. Soit il ne parle pas ou peu ou fait des jokes plates, soit il explose. Et là, il vient d'exploser. D'aplomb.

Il a demandé à Fred de regarder « sa mère » quand elle lui parle. Mon frère a continué de jouer sans rien dire. Alors mon père a pris le moniteur, l'a soulevé et l'a lancé sur le plancher ! 😲 Évidemment, il n'a pas résisté au choc. L'écran s'est fissuré.

Mon frère est sorti de sa torpeur et il a crié quelque chose. Mon père s'est croisé les bras et il l'a laissé gueuler. Puis il lui a dit que l'ordi, c'était fini pour lui. Qu'il était devenu complètement dépendant, qu'il fallait que ça cesse.

C'est comme ça depuis toujours avec mon père. Ses réactions sont toujours extrêmes. *Full* extrêmes. Il a déjà cassé en deux une table de salon parce que je m'étais cognée le front dessus. Parce qu'il avait oublié ses clefs dans son auto, il a cassé la vitre avec son poing. C'était en hiver, heureusement qu'il portait des gants. Mais il n'a jamais été violent avec nous. Toujours contre les objets. Reste qu'il fait peur quand il est fâché.

Fred est parti se réfugier dans sa chambre tandis que Mom a ramassé les morceaux du moniteur qui étaient éparpillés sur le plancher. Je suis retournée dans ma chambre.

Ça ne va pas trop bien à la maison. Ce n'est pas une bonne journée.

Je vais aller me coucher.

C'est la fin

Namx♡x

Publié le 25 août à 10 h 08 par Nam
Humeur : Peinée

> Bye bye, renardeau!

C'est aujourd'hui qu'on va porter H'aïme à la Société protectrice des animaux. C'est sans appel, Mom ne veut rien savoir de le garder. Elle est super bête ce matin, elle répond par des «oui» et par des « non ». J'ai fait une ultime tentative pour qu'elle change d'idée, mais elle m'a répliqué qu'elle ne voulait plus en parler. C'est une « affaire classée ». Eh bien non, ce n'est pas classé. Je suis vraiment frue. Cette histoire va me rester de travers dans la gorge encore longtemps. J'en ai marre que Mom prenne des décisions stupides et qu'elle reste sur ses positions.

Je me suis couchée hier soir en pleurant et je me suis réveillée en colère. Je suis furax. J'ai hâte d'avoir dix-huit ans et de faire ce que je veux. Le renard, il ne fait de mal à personne. Il n'y a aucune raison de s'en débarrasser. C'est un petit que j'ai trouvé dans une grange et qui était à l'article de la mort. J'en ai pris soin, Grand-Papi a dépensé plein d'argent pour qu'il survive. Et puis je me suis attachée à lui. Je l'aime.

Dans le fond, c'est juste parce qu'elle veut avoir raison. Elle a une tête de cochon. Et Pop, eh bien, il a beau avoir sous ses ordres des centaines de soldats, dès que Mom dit quelque chose, il obéit. Il est fait en Jell-O. Saveur orange, en plus de ça. La plus dégueu.

J'aime mon père, évidemment. Mais nos liens sont, comment dire… Superficiels ? Et chaque fois qu'on a un échange, même si c'est pour lui passer le sel à table, il y a comme un malaise. Il me semble que je ne vois que ses défauts. Et ça me tape sur les nerfs.

Ça n'a pas toujours été comme ça. Quand j'étais petite, il jouait toujours avec moi. Il me lançait sur mon lit, me taquinait, on faisait des activités ensemble. Quand j'ai pris des cours de patinage artistique, il venait toujours avec moi. Après, on allait boire un chocolat chaud et même s'il ne parlait pas et lisait son journal, c'était agréable. Eh puis… Eh puis j'ai changé. Je suis devenue une « femme », comme Mom dit. Et ça a tout changé. Du jour au lendemain, il m'a traitée comme quelqu'un de sa famille, sans plus. Comme une de ses nièces qu'il voit une fois par année, au jour de l'An. Il lui donne un baiser sur chaque joue, lui demande comment vont ses études, puis l'ignore pour le reste de la soirée.

Il ne me touche plus et ça me manque beaucoup, aussi. Je parle juste de passer sa main dans mes cheveux ou de me chatouiller les avant-bras. Ou me faire des massages de pieds. J'adorais ça.

Avant, aussi, quand je n'étais pas d'accord avec Mom, j'allais voir Pop et je me plaignais. Mom était frue, c'est sûr, mais j'avais ce que je voulais. ☺ Plus maintenant. Il m'écoute, il dit qu'il va en parler à Mom, mais c'est toujours la même chose, elle ne change pas d'idée.

Il est froid avec moi. C'est ça le problème. L'année dernière, je m'en étais plainte. Genre je lui avais dit qu'on ne faisait plus jamais d'activités ensemble. Le samedi suivant, il m'a amenée au cinéma. C'était bien, on a ri, on a mangé du maïs soufflé. Comme avant. Mais dès qu'on a mis les pieds dans la maison, c'est redevenu comme avant. C'est poche. Mais bon, je sais qu'il m'aime. C'est juste qu'il est peut-être un peu maladroit.

(…)

Grand-Papi est venu me voir et m'a demandé si je venais avec lui porter H'aïme à la Société protectrice des animaux. Je lui ai dit non, que ça me ferait trop mal. Il s'est approché et m'a dit que c'était « temporaire ». Que le renardeau tout mignon allait passer quelques jours là-bas et qu'il allait revenir après. Il me l'a juré ! 😕

Je ne comprends plus rien. Je vais aller avec lui. Ça va me changer les idées.

> Comme un hôtel

Finalement, on n'est pas allés porter H'aïme à la Société protectrice des animaux. Je l'imaginais dans une petite cage, à côté de tous ces chats et ces chiens qui ont été maltraités ou dont on ne veut plus. Et on sait ce qui leur arrive quand ils ne sont pas adoptés.

On a plutôt laissé H'aïme en « pension » chez une vieille dame vraiment *cool* qui a une ferme. Elle a genre dix chiens qui la suivent partout où elle va. Ils sont drôles et vraiment crottés. Elle dit qu'elle leur donne un bain tous les deux jours.

Dehors, il y a une étable avec des chevaux. Trois. Elle les a recueillis avant qu'on les conduise à l'abattoir. Ils sont malades, mais pas assez pour qu'on les abatte. L'un a eu une patte cassée, l'autre a un cancer et le troisième est juste vieux. Ils sont tellement beaux. Au début, j'avais peur. Ils sont tellement imposants. Mais paraît qu'ils nous voient grands, donc ce sont eux qui sont impressionnés en nous voyant. Je leur ai donné des carottes.

La dame avait quatre chevaux, mais il y en a un qui est mort hier. Elle nous a raconté l'avoir entendu hennir pendant la nuit, ce qui n'était vraiment pas dans ses habitudes. Elle est sortie voir ce qui se passait. Le cheval, qui s'appelait Arthur, était énervé. Il ruait. La dame ne l'avait jamais vu comme ça. C'était un cheval super tranquille. Elle a décidé de l'amener faire une balade. Sitôt sorti de l'étable, il s'est mis à galoper comme un fou. Puis quelques instants plus tard, il s'est effondré et son cœur s'est arrêté de battre. Il est mort.

H'aïme va être très bien là-bas. Grand-Papi paie la dame dix dollars par jour pour qu'elle s'occupe de lui. Elle va le nourrir et le faire marcher deux fois par jour. Je lui ai aussi demandé de le cajoler tout plein. C'est super important, ça.

En entrant dans l'auto, j'ai demandé à Grand-Papi de m'expliquer son plan.

- Tu verras. J'ai plus d'un tour dans mon sac.

- Mais tu sais, Mom est vraiment têtue. Jamais elle ne va céder.

- Les chats ne font pas des chiens, Nam. Elle est têtue parce que je le suis. J'ai assez donné, dans ma vie. Maintenant, j'ai juste le goût de faire à ma tête.

Quand on est entrés dans la maison, Mom a demandé à son père s'il avait encore eu une « mauvaise influence » sur moi.

- Tu ne peux t'imaginer à quel point, il a répliqué avant d'aller dans sa chambre.

(…)

Oh là là ! Il se passe quelque chose. Je reviens.

> Où est-il ?!

OK. Je capote un peu. Fred n'est pas dans sa chambre. Il n'est pas dans la maison non plus. La fenêtre de sa chambre est grande ouverte.

C'est Tintin qui s'est aperçu de sa disparition. Tous ses vêtements sont dans la chambre de Fred. Tintin était allé se chercher une jupe. C'est ce qu'il porte ces temps-ci. Je me demande s'il va avoir le courage de s'habiller ainsi pour aller à l'école. Il risque de se faire montrer du doigt.

Il est entré dans la chambre de Fred à 10 heures. Il se disait que mon frère était ailleurs, genre sous la douche. Mais à une heure moins quart, il a demandé à Mom, et elle ne l'avait pas vu.

Pop est revenu de la base. Grand-Papi a fait le tour du quartier en auto, je suis allée avec lui. Rien. Absolument rien. On sait qu'il a pris sa bicyclette parce qu'elle n'est plus là. Et qu'il a son portefeuille avec lui. On ne sait pas combien il avait d'argent. Mais il a vidé le pot de monnaie qu'on a sur le comptoir. Il y avait quelque chose comme cinquante dollars en pièces de un et deux dollars.

Mom a appelé dans les hôpitaux aux alentours. Il n'est pas là.

Tintin dit qu'il a été enlevé par des extraterrestres. Grand-Papi a répondu que c'était lui, l'extraterrestre. Pop a fait oui de la tête.

Il ne connaît rien des environs. Mom dit que depuis qu'on est arrivés, s'il est sorti deux fois, c'est le max. Elle se demande même s'il sait notre adresse.

C'est inquiétant. Tsé, dans la tête de mes parents, c'est sûr que ce n'est pas comme si c'était moi qui avais disparu. Je veux dire, ils auraient tout de suite pensé au pire, une histoire avec des loups-garous, des zombis et des mascottes tueuses d'enfants. Là, ils disent : « Il a dormi dans un parc » ou « Il s'est sûrement réfugié dans un café internet pour jouer ». Il est assez clair que c'est la crise de Pop hier soir qui a tout provoqué. Il ne peut plus jouer à son jeu de débile, donc il a pété les plombs et il est parti. Il a un sérieux problème.

Pop a appelé la police. Les policiers ne peuvent rien faire avant 24 heures.

Des collègues de travail de mon père viennent d'arriver. Ils vont aider pour les recherches.

Ça m'énerve, mais en même temps, je suis sûre qu'il ne lui est rien arrivé. Il est juste fru.

En tout cas, j'espère. 🙂

> Fred, arrête de niaiser

Bon, là, ce n'est plus drôle. Je suis allée chez Kim cet après-midi et je me disais qu'en rentrant à la maison, Fred allait être de retour. Non, il n'est pas là. Et ça commence à faire capoter mes parents. Moi aussi, d'ailleurs. Grand-Papi, je ne sais pas, il n'est pas venu souper.

De toute façon, personne n'a mangé. Personne n'avait faim. Tout d'un coup, le départ du renardeau avait moins d'importance. Mes broches aussi.

Le pire dans tout ça, c'est qu'on ne peut rien faire parce qu'on est sûrs qu'il n'a pas été kidnappé. Il a fugué, c'est clair. Tant et aussi longtemps que ça ne fera pas une journée, la police ne peut pas nous aider. C'est vraiment con.

Qu'est-ce que je peux faire ? Je suis totalement impuissante.

Kim a essayé de me changer les idées. On a parlé dans sa chambre, sur son lit. J'ai appris à mieux la connaître. C'est vraiment une fille bien. Mais y'a quand même quelque chose qui me tracassait chez elle.

On discutait et elle m'a dit qu'il y avait « quelque chose » entre nous. « Quelque chose » qu'elle trouvait rarement chez quelqu'un.

- T'as des amies ? je lui ai demandé. Une *best ?*

On dirait que cette question l'a indisposée. Pourtant, elle était légitime. L'année dernière, c'était la présidente de niveau. J'ai vu qu'elle connaissait vraiment tout le monde à l'école. Pourquoi se tient-elle avec moi, une fille qui n'a vraiment rien de spécial (à part peut-être d'avoir un renard comme animal de compagnie)?

Elle s'est tournée sur le dos.

- C'est compliqué, avoir des amies. Tu ne trouves pas?

Ma réponse de la MORT :

- Bof. Je n'ai jamais vraiment pensé à ça.

- C'est vrai, elle a continué. Quand t'as une *best*, c'est sûr que ça fait toujours des histoires avec tes autres amies qui sont jalouses. Et quand t'as pas le goût de faire des choses, eh bien, t'es obligée parce que tu ne veux pas faire de la peine à tes amies. C'est trop de travail, tout ça. Je préfère être seule que de devoir toujours faire attention à ne faire de mal à personne.

- Donc tu n'as pas d'amies?

- Non. Mais j'ai beaucoup de connaissances.

- D'accord.

Et elle a ajouté :

- Mais avec toi, je sens que ça va être différent.

- Pourquoi?

- Je ne sais pas. C'est un *feeling* que j'ai.

C'est vrai qu'il y a « quelque chose » entre nous deux, quand j'y pense. Pourquoi on rencontre des gens et ça clique et pourquoi ça ne clique pas du tout avec d'autres ? Il y a sûrement quelque chose de mathématique là-dedans.

En tout cas, avec Kim, ça clique, c'est sûr. Comme ça a cliqué avec Mart.

On a passé le reste de l'après-midi à regarder une émission assez débile qui porte sur un homme qui chasse des animaux dangereux comme des serpents ou des scorpions. Il n'y avait rien d'autre à la télévision.

Fred n'est toujours pas revenu et ça commence à me donner mal au ventre.

Publié le 25 août à 23 h 29 par Nam
Humeur : *Full* angoissée

> **Ce n'est plus drôle**

Rien. Pas de nouvelles. Il s'est passé quelque chose de grave, c'est sûr. Pourquoi n'a-t-il pas appelé ? Juste pour dire : « Je suis fâché, j'ai fugué, mais je suis encore vivant. » Parce que là, on peut tout imaginer. D'autant plus que des policiers sont venus tantôt et nous ont dit qu'ils avaient retrouvé une bicyclette écrabouillée sur le bord d'une route. Pop est allé, mais ce n'était pas celle de Fred. En revenant, il s'est fâché et a demandé aux policiers de commencer l'enquête maintenant. Je crois qu'il se sent un peu coupable.

Les policiers nous ont demandé si on savait comment il était habillé, s'il était dépressif, s'il nous avait déjà dit qu'il avait l'intention de mourir, s'il avait déjà fugué, s'il connaissait des gens « judiciarisés » (ça veut dire qui ont déjà commis des crimes et ont été reconnus coupables), s'il y avait eu une dispute récemment (Mom allait dire quelque chose, mais Pop a répondu « non » avant qu'elle ne parle), s'il avait des problèmes de drogue ou d'alcool, etc. Bref, plein de trucs pour nous remonter le moral.

Mom est allée chercher sa photo d'école la plus récente, celle où il a les yeux fermés. Le policier en voulait une autre, mais il n'aime pas se faire prendre en photo, Fred. Qu'est-ce qu'on peut faire ?!

La cerise sur le sundae : les policiers nous ont dit que, dans le cas où il aurait fugué, les chances de le retrouver étaient minces. Super !

Kim va dormir à la maison ce soir. Elle est venue me rejoindre. Elle a appelé pour me demander comment ça allait et j'ai éclaté en sanglots. Elle est venue tout de suite. Genre vingt secondes plus tard. Elle est vraiment adorable. Ses parents sont ici aussi.

Elle m'a demandé si elle pouvait faire quelque chose. Je lui ai dit de me prendre dans ses bras. Ça m'a fait du bien.

Le téléphone vient de sonner et Mom a poussé un cri. Je reviens.

Tes bas
puants t'ont
vendu, étranger

Namx♡x

> **Sain et sauf !**

Fred est de retour à la maison. Pop est allé le cher-cher. Ils sont revenus à deux heures du matin. En ren-trant, Fred nous a regardés comme s'il ne s'était rien passé. Mom est allée le voir et elle l'a pris dans ses bras. Elle a éclaté en sanglots. Moi, il m'a tendu la main. N'importe quoi !

Fred n'avait pas l'air de comprendre ce qui se pas-sait. Il se demandait pourquoi Mom et moi on pleurait, pourquoi Pop l'a serré dans ses bras longtemps et sur-tout, il ne comprenait rien des paroles de Tintin qui parlait des extraterrestres et de leur bonté parce qu'ils auraient pu l'enlever super facilement.

C'est d'ailleurs Tintin qui m'a raconté ce qui s'était véritablement passé.

Après que Pop a détruit le moniteur de l'ordi, Fred s'est réfugié dans sa chambre et il a appelé un de ses « soldats ». Je dis « soldat » parce que dans son jeu, il est commandant d'une armée de trolls, je crois. Ou de lu-tins. En tout cas, ce n'est pas important.

Donc, il l'a appelé et lui a demandé s'il pouvait l'héberger pour qu'il puisse « continuer la guerre ». Son « ami » a accepté et Fred est parti à bicyclette. Sauf que le gars habite à 75 kilomètres d'ici ! Fred a pris presque dix heures pour se rendre parce qu'il s'est perdu en chemin. Pas surprenant, il faut lui indiquer le chemin de la salle de bains quand il sort de sa chambre, et on a toujours peur d'être obligés d'appeler un hélicoptère pour le retrouver.

Donc il est arrivé là-bas, son « soldat » l'a accueilli. Sauf qu'il habite chez ses parents. Et ses parents ont trouvé bizarre qu'un inconnu arrive sans s'être annoncé. Sans dire bonjour et sans fournir d'autres explications, il a commencé à jouer à son jeu vidéo.

Finalement, mon frère puait tellement des pieds que les parents du soldat ont commencé à se plaindre. La mère a trouvé le portefeuille de Fred dans son manteau et a appelé au numéro de téléphone qui apparaît sur son laissez-passer d'autobus. Et c'est Mom qui a répondu. Fin de l'histoire.

Mon frère est parti se coucher. Il dort encore. Je pense que Mom est allée voir, genre vingt fois, s'il était encore là. Elle a même fait sonner son réveille-matin à toutes les heures.

C'est clair qu'il a un méchant problème. Mais tsé, comment on fait pour régler ça? J'en parlais avec Grand-Papi et Tintin la nuit dernière. Mettons que t'as un problème de drogue. Pour régler le problème, t'arrête d'en prendre. Même chose pour l'alcool. (Je sais que c'est plus facile à dire qu'à faire.) Mais quand on est dépendant de l'ordinateur, on fait quoi? Des ordis, il y en a partout, même à l'école! Tsé, Pop ne pourra pas entrer dans l'école et commencer à faire un carnage de moniteurs dans la salle d'informatique. Hé, hé… Un tueur en série de moniteurs. Ça ferait un film d'horreur vraiment *weird*. Comme je les aime, finalement.

Grand-Papi a dit que Fred avait « des choses à régler ». Sûrement que le déménagement ne lui a pas fait trop trop plaisir. Et au lieu d'affronter ses problèmes, eh bien, il s'est réfugié dans un monde qui n'existe pas. Et où il n'est pas un *loser*. ☹ Je ne dis pas ça pour être méchante. Même si c'est un ortho, je l'aime, Fred.

Je m'attendais à ce que Pop soit furieux, mais il a été calme. Il se contrôlait, c'est sûr. Peut-être qu'il a engueulé Fred dans l'auto, en revenant ? Ou peut-être qu'il n'a rien dit ? C'est encore plus efficace. Mais bon, comme j'ai dit, Fred n'a pas l'air d'avoir compris ce qui s'est passé.

Aujourd'hui, je vais encore voir Kim, je crois. Et je dois aller acheter mes trucs pour l'école. Je vais avoir un nouveau sac ! Yé !

Je vais aller déjeuner, je meurs de faim.

Ah oui… J'ai oublié de dire que la nuit dernière, avant qu'on aille tous se coucher, Grand-Papi a averti tout le monde qu'il allait nous faire une annonce « officielle » aujourd'hui. Je crois qu'il veut nous dire qu'il a une blonde. J'ai hâte de voir la réaction de Mom.

Publié le 26 août à 16 h 52 par Nam
Humeur : Ébranlée

> Grand-Papi a perdu la boule
(et c'est tant mieux)

OK. Je suis sur le derrière. Grand-Papi nous a fait son annonce ce midi. Et ce n'est pas du tout ce à quoi je m'attendais. Mais vraiment pas.

Il nous a tous réunis et il nous a dit qu'il faisait… une grève de la faim!!! 😶 Il ne mangera plus rien et ne boira que de l'eau tant et aussi longtemps que le renardeau ne reviendra pas à la maison! Je CA-PO-TE. Mom aussi. En fait moi, je trouve ça limite drôle. Mais pas elle. Elle ne trouve rien de comique à ça. Je sais que ce n'est pas du bon français, mais elle a carrément *freaké*. Pour la première fois de ma vie, je l'ai vue se fâcher contre lui. Genre, elle criait. Elle lui a dit qu'il ne pouvait pas lui faire ça. Grand-Papi est resté impassible. Il a répliqué que, parce qu'il ne lui reste plus grand temps à vivre, il n'a plus le goût de faire de compromis. Quand il était jeune, son père l'a obligé à se débarrasser du renard qu'il avait trouvé. Et toute sa vie, il l'a regretté. Il ne veut pas rater sa chance.

Et s'il fallait qu'il meure pour le renardeau, eh bien, sa vie aurait servi à quelque chose. C'est super exagéré, mais super efficace. Depuis qu'il habite avec nous, Grand-Papi ne s'est jamais imposé. Il ne s'est jamais mêlé de nos affaires. C'est pour ça que c'est si surprenant. Comme s'il faisait une crise d'adolescence, mais à 73 ans ! Avant de retourner dans sa chambre, il a averti Mom qu'il avait « déjà » perdu un kilo.

Mom dit qu'il est rendu dingo. Moi je dis qu'il est génial, mon grand-père. 🙂

Reste à savoir qui va gagner. Mom est vraiment zélée quand elle s'y met. Grand-Papi, je ne sais pas. Est-ce qu'elle va vraiment céder au chantage ? Est-ce que mon grand-père va persévérer ? Je ne peux pas croire qu'il va *vraiment* se laisser mourir…

Méchante semaine.

Je vais bouffer.

Publié le 26 août à 19 h 14 par Nam
Humeur : Ambivalente

> **La guerre des nerfs**

Le premier test de Grand-Papi est réussi. Il est venu s'asseoir à la table et il n'a rien mangé. Mom lui a servi une grosse assiette et il ne l'a pas touchée. Mom, sans le regarder, lui a dit :

- Papa, tu arrêtes ça immédiatement. Mange.

- Non.

- Mange.

- Non. Je veux mon renard.

- Il n'est pas question que cet animal entre dans ma maison.

- Alors je vais mourir. Et ce sera de ta faute.

- Papa ! Arrête !

C'était parfaitement ridicule. Comme dans une garderie. Pop regardait Grand-Papi et il ne savait pas trop ce qui se passait. Mom lui a expliqué et il s'est frotté le front.

- Tout le monde devient fou, il a dit.

- C'est probablement parce que la maison est sur un ancien cimetière indien ou sur une base d'intraterrestres radioactifs, a ajouté Tintin. Les vibrations sont mauvaises.

- Probablement pour ça que tu portes des jupes, a rétorqué Pop.

Le souper a été malgré tout assez divertissant puisque Grand-Papi a sorti de la poche arrière de son pantalon un dépliant sur des préarrangements funéraires. Il a tassé son assiette et a posé le dépliant devant lui.

- Je suis allé choisir mon cercueil aujourd'hui. C'est fou à quel point il y a du choix. Vous croyez que je devrais prendre celui avec le lecteur de cassettes?

(C'était une blague, mais elle a échoué parce que Grand-Papi n'est pas au courant qu'il n'y a plus personne qui vend des cassettes, sauf les fausses blondes avec un chapeau de cowboy sur la tête dans les marchés aux puces.)

Mom a laissé tomber sa fourchette dans son assiette.

- Papa, tu arrêtes immédiatement.

- Je t'écoute, j'ai arrêté de manger.

- Papa... J'ai eu une semaine difficile. Es-tu vraiment obligé d'en rajouter?

- Mes neurones sont vieux. C'est la démence, mon enfant. Le docteur dit qu'il n'y a pas de pilules pour ça. Mais il y a de l'espoir parce que, selon lui, la présence du renard pourrait ralentir la progression de ma maladie.

- C'est n'importe quoi. Arrête de dire des sottises.

- J'y pense. Si vous me faisiez couper les jambes, vous pourriez économiser sur la grandeur du cercueil. Ou peut-être juste les casser et les replier sur ma poitrine. Ça ne me dérange pas d'avoir l'air fou.

Mom a décidé de ne pas répliquer. C'était une situation trop absurde. Le souper s'est terminé dans le silence. Mom fâchée, Pop désespéré, Grand-Papi amusé, Tintin obsédé (par ses intraterrestres ou extraterrestres, je ne sais plus) et moi, eh bien, j'étais heureuse. Vraiment. C'est tellement bon quand ça arrive. Et puis à un moment donné, je suis partie à rire. Comme ça. Pour rien. Pop m'a regardée d'un air bizarre et il s'est sûrement dit que j'étais devenue folle moi aussi.

Ah oui. Il y a Fred. Je ne peux pas l'oublier. Lui, c'est une autre histoire. Il a demandé à Pop quand il allait remplacer le moniteur de l'ordi. Pop a dit « jamais » et là, Fred s'est énervé. Il a reproché à mon père de ne pas tenir compte de ses « besoins ». Et aussi, il lui a dit que des gens comptaient sur lui, qu'il était quelqu'un d'important. Et que s'il ne se branchait pas bientôt, il allait perdre son rôle de chef et que des heures entières de travail acharné allaient être bousillées. Et, incroyable mais vrai, il a commencé à pleurer! 😟 Mon frère! Je ne l'avais jamais vu pleurer. Pas juste un menton qui tremble et une larme. Non! Une chute! Incroyable. C'est sérieux, son affaire. Il était *full* en colère. Mom et Pop se sont regardés, ne sachant vraiment pas comment réagir.

Tsé, on ne sait jamais à quoi mon frère pense. Il pourrait manger de la terre que ça ne paraîtrait même pas sur son visage. Et tantôt, il a pleuré comme un bébé. Ça ne va pas. Vraiment pas.

Mom a dit qu'elle avait rendez-vous avec un travailleur social, demain, pour lui venir en aide. Même si je ne comprends pas ce qu'il vit, je vois qu'il souffre. Et c'est triste.

Demain, je vais magasiner. Ça va faire du bien.

Morte de magasinage

Nanxou

> Je n'en peux plus

Si je remets les pieds dans un magasin avant six mois, je vais vomir partout. J'ai une *overdose* de magasinage. On va devoir m'hospitaliser parce que je vais tomber dans un coma de surconsommation. Et le pire est qu'il y avait *full* monde au centre d'achats, ce n'était donc pas agréable au départ . Moi, j'aime ça quand je peux prendre mon temps. Pas quand je sens qu'une femme cachée derrière un présentoir attend que je dépose le pantalon que j'ai dans les mains pour me sauter dessus.

Kim était avec nous. On a donc rencontré plein de gens qu'elle connaissait. Elle est comme une vedette. Elle est vraiment super populaire. Je n'ai jamais vu ça. Mais c'est avec moi qu'elle se tient. J'ai encore de la difficulté à comprendre pourquoi.

On est entrées dans une papeterie pour acheter tous les effets scolaires. J'ai un nouveau sac à dos avec un nouvel étui à crayons. En fait, tout est nouveau. Et j'adore l'odeur ! Je crois que je vais dormir avec mon sac à dos neuf sur la tête, juste pour me faire plaisir.

Ça, c'était la partie facile parce qu'on est arrivées à l'ouverture du magasin. Et un marqueur, un cahier à anneaux ou une calculatrice, c'est pas comme un jean, t'as pas besoin de l'essayer pour voir si ça te fait des belles fesses. 😊

Pour magasiner, et c'était une première, Mom m'a laissée seule avec Kim. Elle m'a donné de l'argent et nous a dit qu'elle allait venir nous chercher dans trois heures (elle ne voulait pas le dire, mais je sais qu'elle avait son rendez-vous avec le travailleur social pour Fred).

J'ai tripé, vraiment. J'ai eu du plaisir à la tonne avec Kim. Elle est *full* drôle. Je devais aller m'acheter des nouveaux soutiens-gorge et on a vraiment rigolé. Genre, elle a la même taille que moi, mais elle prenait toujours des modèles vraiment trop grands. Et aussi des culottes qui auraient pu servir de parachute à un éléphant.

À un moment donné, j'ai été un peu troublée. On était chacune dans nos cabines et on essayait des culottes et des soutiens-gorge. Moi, j'étais gênée de sortir pour montrer ce dont j'avais l'air. Kim s'en est rendu compte et à un certain moment, elle est venue me rejoindre. Et elle s'est déshabillée devant moi. Sans aucune gêne. J'ai été bouleversée parce que je suis pudique. Genre, je mets mon maillot de bain pour prendre ma douche. OK, je niaise. Mais bon, Kim a remarqué mon malaise et elle s'est excusée. Je lui ai dit que ce n'était pas grave. C'était juste… inhabituel. Il y avait des filles comme ça à mon ancienne école secondaire. Quand on se déshabillait dans le vestiaire, elles ne se cachaient pas du tout. Moi, c'était tout le contraire. J'allais dans un cabinet pour me déshabiller et m'habiller. Peut-être est-ce parce que je ne suis pas à l'aise avec mon corps. Parce que j'ai un peu honte. Surtout avec mes maudites vergetures… Mais bon, Kim en a aussi et ça n'a pas l'air de la déranger.

On est aussi allées dans un magasin de jeans. Là, on a été harcelées par une vendeuse fatigante avec ça de maquillage dans le visage qui trouvait que tout ce qu'on essayait nous allait « super bien ». Kim m'a expliqué que c'était normal parce que plus les vendeuses vendent, plus leur salaire est élevé au bout de la semaine. Alors il vaut mieux qu'elles nous trouvent « belles » et qu'on achète le plus possible.

Kim a choisi les vêtements les plus nuls dans le magasin (genre un jean de matante, délavé, avec des pièces cousues roses et bleu-mauve en forme de signe de *peace* (*come on*, on n'est plus en 1994!), quelque chose de vraiment laid et de vraiment trop petit, elle ne pouvait même pas remonter la fermeture Éclair et attacher le bouton.

Eh bien, quand elle est sortie, la vendeuse a commencé à s'extasier en disant que ça mettait en valeur ses « courbes » et que ça lui donnait un style « ravageur ». Maintenant, pour niaiser, on n'arrête pas de se dire qu'on a un style « ravageur ».

Lorsque Kim s'est penchée, on a entendu un gros craquement. La vendeuse a dit que ce n'était pas grave, qu'en lavant le pantalon, il allait devenir « plus souple ». N'importe quoi! Tsé, il a fallu que j'aille l'aider pour l'enlever. Je tirais de toutes mes forces et ça ne bougeait même pas. Quand il faut enduire ses jambes de Vaseline avant de mettre une paire de jeans pour être sûre de pouvoir l'enlever après, ce n'est pas bon signe. Quand on est enfin parvenues à le retirer (à l'aide des pompiers et de leur pince de désincarcération), on a remarqué qu'il y avait une grosse déchirure en arrière. Oups !

Ça m'a fait tout drôle de choisir et de payer moi-même mes vêtements, sans demander à Mom. J'ai eu l'impression d'être devenue une adulte. Bon, ce n'était pas mon argent. Une chance !

(...)

Je viens de déposer sur mon lit tout ce que j'ai acheté et je suis *full* satisfaite. Voici la liste de mes achats :

- Trois soutiens-gorge ;

- Quatre petites culottes ;

- Deux jeans ;

- Deux pantalons, un mauve, l'autre noir ;

- Trois t-shirts ;

- Une ceinture ;

- Des trucs pour mes cheveux, genre des pinces et des barrettes ;

- Quatre paires de chaussettes ;

- Deux chemisiers ;

- Deux colliers ;

- Deux chandails, manches longues.

J'ai fait le calcul, et avec les vêtements que j'avais avant, je pourrai passer 34 jours sans porter le même ensemble. Génial !

L'école commence après-demain et je suis prête. Bon, Mom m'appelle. C'est le souper.

Publié le 27 août à 21 h 17 par Nam
Humeur : Guillerette (hein?)

> **Grand-Papi tient bon**

Grand-Papi n'a toujours pas cédé. Il s'est mis à table, le visage blême, des poches sous les yeux, et il n'a pas touché à son assiette. Il dit qu'il a perdu trois kilos et qu'il a sans cesse mal à la tête. Il souffre d'étourdissements, aussi. Il a demandé à ma mère d'aller lui acheter une canne.

- Papa. Mange et tu n'en auras pas besoin. C'est complètement enfantin, cette histoire-là.

- Je meurs, il n'y a rien d'enfantin dans ça.

- On meurt tous, a dit Tintin. Dès qu'on naît, on meurt. Lentement. On est tous en train de crever. C'est inéluctable.

Mom lui a jeté un regard mauvais.

Grand-Papi a repoussé son assiette.

- Lorsque je n'aurai plus assez de forces pour me lever, quelqu'un viendra-t-il m'aider? Il me faudra de l'eau, parfois. Et il faudra changer mes couches.

- Ark, j'ai fait.

Mom a laissé tomber sa fourchette dans son assiette, comme chaque fois qu'elle est fâchée.

- Papa! On mange!

- Bien chanceux. Moi, je n'aurai plus jamais cette chance. Ah oui, au cas où je mourrais cette nuit, mon dentier, tu pourras t'arranger pour que je l'aie dans la bouche lorsque je serai exposé ? Je ne veux pas être humilié, tu comprends ? Même mort, je veux être fier.

- Papa, tu n'as même pas de dentier.

- Vraiment ? Ça y est, j'ai commencé à perdre la raison. Si ce renardeau ne revient pas, il sera trop tard.

J'ai pouffé de rire, tandis que Pop a regardé le plafond en faisant non de la tête.

Après souper, j'ai *tchatté* pas mal avec Mart. Ça m'a fait du bien. Mais j'ai réalisé qu'on n'avait plus la même chimie. Avant, je ne sais pas pourquoi, mais on pouvait discuter en ligne des heures et des heures sans jamais épuiser les sujets. Plus maintenant. Après dix phrases, je ne savais plus quoi lui dire. J'ai su qu'elle était toujours avec son *chum* et que ça allait « bien ». Qu'elle commençait l'école dans trois jours et qu'elle n'avait pas hâte. Ça va « moyen » avec sa mère parce que Mart a voulu dormir chez son *chum* et elle a dit non. Même si elle avait l'intention de dormir sur le canapé et lui dans sa chambre. Mart est frue.

J'ai aussi *tchatté* avec Kim, même si elle est à dix secondes de marche de la maison. On a bien rigolé. Elle m'envoyait plein de trucs niaiseux qu'elle trouvait sur Internet. Des vidéos stupides ou étranges.

Et on a parlé de notre journée, de ce qu'on avait acheté. Et comme ça, sans avertissement, elle m'a dit qu'elle m'avait trouvée « belle ». C'est gentil. Mais bon, je serai encore plus heureuse quand ce sera un gars qui me le dira. 😛

Je viens aussi de discuter avec Tintin. C'est rendu mon fournisseur officiel de rumeurs et de nouvelles de la maison. Il sait TOUT, c'est incroyable. Je ne sais pas qui le fournit, mais son matériel est excellent.

Info n° 1 : H'aïme-le-renardeau-tout-*cute* reviendra à la maison. Très bientôt, en plus. Le petit jeu de Grand-Papi (le chantage émotif, en fait) serait fort efficace. Yé ! 😀

Info n° 2 : Mom a rendez-vous chez l'ophtalmologiste vendredi dans deux semaines. On s'en fout pas mal, de toute façon, c'est écrit sur le calendrier qui est sur le frigo.

Info n° 3 : Grand-Papi n'est pas vraiment en jeûne, on aurait trouvé des biscuits et du jus sous son lit. (Le coquin!!!) Qui « on »? Aucune idée. Des espions? Les fameux intraterrestres ? Ou juste Tintin qui n'a rien à faire de ses journées?

Info n° 4 : Fred est allé voir une travailleuse sociale avec Mom et ça ne s'est pas passé super bien. Parce que Fred est persuadé qu'il n'a aucun problème, que ce sont mes parents (et le monde entier) qui lui en veulent. Il ne comprend pas pourquoi il n'est pas normal pour un gars de seize ans de passer plus de vingt heures par jour devant un ordi à jouer à un jeu débile où on doit ramasser le plus de points d'expérience possible. Il n'y a plus que ça qui compte. Tintin m'a même dit que dans la tête de mon frère, il était prêt à abandonner l'école pour ne jouer qu'à son jeu. C'est trop cinglé. La travailleuse sociale veut revoir Fred bientôt. Dire qu'il a déjà ri de moi quand j'allais voir ma psy après l'accident de Zac. C'est à son tour d'avoir besoin d'aide. Moi, en tout cas, je ne rirai pas de lui.

Parlant de Zac, je me rends compte que j'ai tendance à penser à lui quand ça va mal. Mais lorsque ça va bien, je l'oublie.

D'ailleurs, je ne sais pas si je devrais en parler à Kim. Elle m'a demandé si j'avais déjà eu un *chum*, j'ai dit oui, mais je ne me suis pas étendue sur le sujet.

Peut-être que je lui en parlerai. Je ne sais pas. On verra.

Je vais aller lire.

Voici comment
je dois manger
des bonbons

Namx♡x

Publié le 28 août à 12 h 01 par Nam
Humeur : Irritée

> ## > Ce que je ne ferais pas pour
> ## de la réglisse rouge

Je suis allée chez Kim ce matin et j'ai eu une folle envie de manger de la réglisse rouge. Quand je dis folle, c'est que je ne pouvais plus m'enlever ça de la tête. Et si j'étais morte sur-le-champ, eh bien, en arrivant au ciel, je n'aurais eu qu'un seul regret : celui de ne pas en avoir mangé à cet instant précis.

Le problème, j'en ai déjà parlé, est qu'il m'est interdit d'en manger. Je ne peux pas me tromper : c'est écrit noir sur blanc sur la liste qu'on m'a remise. « Réglisse rouge ». Mais il n'y a pas « réglisse noire » ! Comment se fait-il ?! C'est une injustice flagrante ! De toute façon, même si j'avais le droit, jamais je ne me mettrais cette horreur dans ma bouche. Jamais !

Kim m'a dit qu'elle trichait une fois de temps en temps, et que l'important était qu'on brosse bien nos dents avant d'aller chez le dentiste. Elle m'a appris que la police des broches n'existait pas. Genre qu'il n'y a pas de micros posés dans les maisons et que personne n'est posté dans les arbres en face de nos résidences avec un appareil photo ultrapuissant à zoom télescopique (qui peut aussi voir au travers des murs, mais quand même pas à travers les vêtements) et qui pourrait nous prendre en photo en flagrant délit de manger des cochonneries sucrées. Ouf ! Quel soulagement ! Ça m'empêchait de dormir.

J'ai donc cédé à la tentation, je suis allée au dépanneur avec Kim et j'ai acheté des réglisses rouges, bien odorantes et molles, comme je les aime. ☺

(Plus tard, je vais vous parler du commis au dépanneur. Un gars *vraiment* bizarre. Kim m'a dit qu'il allait à notre école.)

Dès que j'ai mis une réglisse dans ma bouche, j'ai su que j'allais payer pour mes péchés : tout est resté *pogné* dans mes broches. Même si j'ai fait bien attention de mastiquer le tout avec le bout de mes dents (on mastique toujours avec le bout de ses dents, je le sais, mais cette fois, je me suis *forcée*). Une véritable catastrophe. Je me suis regardée dans le miroir et j'avais des centaines de morceaux coincés un peu partout. Genre, il aurait fallu que j'appelle une compagnie spécialisée dans les après sinistres pour tout nettoyer. (Mais Kim m'a donné un truc : quand on prend notre douche, on règle le pommeau au jet le plus puissant, genre celui qu'on ne tolère même pas sur son dos, et on le dirige sur nos dents ; paraît que ça fait un super bon travail.)

Kim m'a aidée à enlever le plus gros avec sa petite brosse, celle qu'on nous donne quand on sort du bureau du dentiste avec notre nouvel ensemble de pylônes électriques. Cette brosse, d'ailleurs, ressemble à un truc pour ramoner les cheminées. En tout cas.

Après avoir passé une heure à réparer les dégâts, une heure pendant laquelle je n'ai pas arrêté de chialer parce que je ne peux pas concevoir un an sans absorber cette substance magique qu'est la réglisse rouge.

Probablement parce que Kim en avait totalement marre de m'entendre, elle a eu une idée. Mauvaise, mais bon, on ne le savait pas au début.

Elle m'a expliqué qu'il y a une de ses cousines qui a été opérée à la mâchoire. Une opération méga complexe. Genre, pendant deux mois, elle ne pouvait pas ouvrir la bouche. Donc plus parler. Et surtout plus mastiquer. Donc tout ce qui entrait dans sa bouche devait passer par une paille. Donc liquide. (J'exagère sur le « donc » !)

Donc (OK, j'arrête, c'est le dernier), elle devait tout passer au mélangeur. Les fruits, les légumes, la viande (ark !), les desserts, etc. C'est ce qu'on a fait avec la réglisse. Liquide, elle ne peut pas s'accrocher dans mes dents. On en a mis dans un mélangeur et on l'a mis à la vitesse minimum. Mais vu qu'il se ne passait pas grand-chose, on a vite passé à la vitesse maximum. Le résultat était décevant. Ça faisait encore plus de petits morceaux pour rester prisonniers de mes broches.

Kim-au-look-ravageur a décidé d'ajouter un peu de yogourt (!?), pour donner de la « consistance ». Pour que les morceaux se tiennent ensemble et qu'ils soient plus faciles à broyer. Ça a fonctionné, mais quand je me suis mis le résultat dans la bouche, j'ai comme eu le réflexe de vomir. C'était DÉ-GOÛ-TANT. C'est à ce moment que Kim, en essayant de ne pas mourir de rire, m'a dit que le yogourt qu'elle avait mis dedans était au café. Ark !

On a continué à déconner. Kim a mis tout ce qui lui tombait sous la main dans notre « mélange du diable ». De la moutarde, du pâté chinois de la veille, des céréales, des spaghettis pas cuits et du bicarbonate de soude. À la fin, c'était… Comment dire ? Est-ce qu'il y a un mot plus fort que dégoûtant ? C'était brun-jaune et quand on plantait une cuillère dedans, elle restait droite.

Kim m'a dit qu'elle me donnait cinq dollars si j'y goûtais. Pfff… C'est une chose d'avoir de la réglisse rouge coincée dans mes broches, c'en est une autre d'avoir ce truc immangeable qui sentait la vieille chaussure mouillée (oui ! oui !) incrusté dans mes dents.

Kim s'est essayée et elle a tout de suite recraché. Mon instinct ne m'avait pas trompée. 😎

On a donné le reste à son chat, qui a tout mangé. De toute façon, même si on lui avait mis de la brique et du ciment, il l'aurait mangé quand même. Il est ÉNORME. Il ressemble à un tonneau parce qu'il n'a même pas de cou. Il est plus lourd que moi, c'est sûr. Et j'exagère à peine !

Il est tigré et chaque fois qu'on passe la main dessus, une tonne de poils restent entre les doigts. Et il est tellement collant. Il n'arrête pas de miauler. Même quand il dort. Chaque fois qu'on bouge, il s'énerve parce qu'il pense qu'il va manger. Il nous suit à la trace, jusqu'à ce qu'on lui donne ce qu'il veut.

Mais le pire, c'est son nom. Il s'appelle… Radis. Ouais, comme le légume. Le truc rouge rose rond qui goûte piquant. C'est Kim qui lui a donné ce nom. À sa défense,

elle avait quatre ans. Et même si ce nom n'a aucun sens,
je trouve qu'il lui va bien.

Je retourne chez Kim.

Publié le 28 août à 18 h 32 par Nam
Humeur : Mystifiée

> Il est revenu!

H'aïme le renardeau tout mignon est de retour ! En revenant de chez Kim cet après-midi, quand je suis rentrée à la maison, il jouait dans le salon avec Youki, mon chien d'amooouuuurrrr. Je suis *full* heureuse ! 😄

Je n'ai pas su exactement ce qui s'est passé. Je sais que Grand-Papi est allé le chercher. Je sais que c'est Mom qui a donné son accord. Mais le reste, je l'ignore. Pourquoi a-t-elle changé d'idée ? Est-ce que le pseudo jeûne de Grand-Papi a fait pencher la balance ? Ou est-ce qu'elle s'est rendu compte, en y réfléchissant, que ce n'est vraiment pas plus de travail et que le renard n'est pas dangereux ? Je n'ai pas osé poser des questions, même si Mom n'avait pas l'air de mauvaise humeur. Elle était comme indifférente. Elle n'a pas parlé du renardeau, elle m'a juste demandé si j'avais passé une belle journée. Tintin devrait me fournir des informations très bientôt… Je vais le mettre sur le cas.

Mais ce n'est pas LE fait saillant de la journée. Non, LE fait saillant est survenu un peu avant le souper. Demain est la première journée d'école et j'ai avoué à Kim que ça m'énervait un peu. J'ai plein de peurs niaiseuses. La plus grande est de me perdre. Je sais que je me répète, mais c'est trop grand, il y a trop de corridors et ils se ressemblent tous. Kim m'a rassurée, elle m'a dit qu'elle avait ressenti la même chose l'année dernière. Paraît qu'on s'y fait vraiment rapidement et que, dans quelques jours, je pourrai aller à mes cours les yeux fermés. On verra bien.

Pour me mettre dans l'ambiance, Kim a sorti l'album de fin d'année. Ce sont des photos qui ont été prises l'année dernière. Il y a des activités comme Halloween ou Noël, mais aussi des sorties. Et il y a d'autres photos qui « montrent la vie étudiante ». Pendant que Kim me donnait une explication sur chaque photo, j'ai figé quand j'en ai vu une en particulier. Mon cœur s'est mis à battre très fort et j'ai arrêté de respirer. Kim allait tourner la page, mais je l'en ai empêchée.

- Quoi ? elle a demandé.

J'ai pointé la photo en question, mais j'étais incapable de parler.

- Qu'est-ce qui se passe ? C'est la caf ? Tu ne l'aimes pas ?

- Non, j'ai réussi à balbutier. Ça n'a pas rapport.

Alors j'ai posé mon doigt sur ce qui me troublait tant. Il y avait un gars qui portait LE t-shirt au poisson rouge. L'unique. Celui que j'ai offert à Zac. Celui que j'ai vu dans une cabane pas trop loin du chalet de Grand-Papi.

- Qui c'est ?

Kim a jeté un œil.

- Hum… Je ne sais pas. Je ne suis pas rendue au point de pouvoir reconnaître les élèves à partir de leur t-shirt. Mais je peux essayer…

- Je dois savoir qui est ce gars-là.

- C'est impossible. Il n'a pas de tête.

Effectivement, la photo s'arrêtait là où sa tête commençait. En premier plan, il y a des élèves qui mangent. D'autres qui discutent. Et sur l'autre table, un gars qui mange seul. C'est lui qui porte le t-shirt. Devant lui, un berlingot de lait, un sandwich et un morceau de fromage.

- Je dois savoir qui c'est, j'ai dit une autre fois.

- OK, Nam, tu deviens *weird*. Qu'est-ce qu'il a de si particulier?

- C'est trop long à t'expliquer. Tu ne le connais pas?

- Non.

- Peut-être que la photo a été coupée? Genre, sur l'original, la tête y était?

Kim était déstabilisée par mon étrange comportement.

- Peut-être, je ne sais pas. Laisse-moi voir qui a pris la photo…

Elle a approché l'album de ses yeux.

- Élizabeth, oui.

- Tu la connais?

- Non. Mais je sais qui est son frère.

- Tu pourrais le contacter?

- Sa sœur est en quatre, mais lui est de notre niveau. On va le voir demain.

- Tu ne peux pas essayer de lui parler aujourd'hui ?

- Euh… Oui. Peut-être. Je peux savoir ce qui se passe ? J'ai presque peur.

J'ai essayé de donner une explication sans trop en dire, ce qui, évidemment, a ajouté encore plus de mystère à cette affaire.

- Il m'est arrivé quelque chose…

Elle a ouvert tout grands les yeux :

- Tu t'es fait violer et le gars portait ce t-shirt-là ?!

- Non, non, pas du tout. Je ne me suis pas fait violer. Vraiment pas.

Kim commençait à s'impatienter.

- Alors quoi ? Pourquoi tu veux savoir qui est ce gars ?

- C'est une longue histoire. Et je ne suis pas encore prête à te la raconter.

- D'accord.

Kim a respecté mon désir de ne rien ajouter, même si je voyais que ça lui brûlait les lèvres.

Qui est ce gars ? Je dois le savoir. Kim va faire des recherches et m'appeler si elle trouve des informations.

Je vais aller me préparer pour demain.

Je dois savoir !

Recherché

Namx♡x

> **Trop de choses en même temps**

J'ai préparé mon sac pour demain matin, mon lunch aussi. Je prends l'autobus à 7 h 40, l'école débute à 8 h 20. Mais pour la première journée, il y a une épluchette de blé d'Inde et des « activités » le reste de la journée.

Mais je n'arrive pas à me concentrer. J'ai encore en tête l'image du gars avec le t-shirt de Zac. J'ai appelé Kim cinq fois en deux heures pour savoir si elle avait eu des nouvelles de la fille qui a pris la photo. J'agis comme une obsédée. Ce que je suis, d'ailleurs.

Comment je dois interpréter tout cela ? Ça ne peut pas être un hasard. Pas si gros. Je suis allée voir Grand-Papi et je lui ai raconté ce qui s'était passé. Il m'a dit que c'était probablement un message que Zac me passait. Genre : « Je suis avec toi ». Si c'est ça, c'est VRAIMENT intense. Ça va me rendre folle. Qu'est-ce qui m'attend ? Le mec qui porte le t-shirt va s'appeler Zac ? Ça va être un joueur de hockey ? Il va faire du karaté ? J'essaie de guérir de ma blessure d'amour. Chaque fois que j'ai l'impression que je vais y arriver, il se passe quelque chose qui la rend encore plus douloureuse.

Grand-Papi m'a suggéré de parler à Zac, de lui dire que tout va bien, que je ne vais jamais l'oublier et que j'ai une vie à vivre. OK, bonne idée. Mais je fais com-

119

ment? Je lui envoie des signaux de fumée? Il y a un téléphone au paradis? Internet?

(…)

Je viens de *tchatter* avec Kim. Elle est parvenue à
parler avec Élizabeth, la fille qui a pris la fameuse photo.
Elle ne sait pas qui est le gars. C'était prévisible parce
que ce n'est pas lui qu'elle voulait photographier. Mal-
heureusement, la photo n'a pas été rognée. Donc, le
gars au t-shirt mystérieux n'a pas de tête. Je veux dire,
il a une tête, mais pas sur la photo. Je me comprends.
D'ailleurs, s'il n'avait véritablement pas de tête, ce serait
trop fafa de le retrouver! 😳

C'est trop mignon… Je suis étendue sur mon lit et il y
a H'aïme à ma droite et Youki à ma gauche. Les deux dor-
ment. C'est reposant. J'ai demandé à Grand-Papi ce qui
s'était passé pour que Mom change d'avis. Il pense que
c'est son chantage qui a fonctionné. Elle lui a juste dit ce
matin d'aller chercher le « maudit renard » pour qu'on
arrête d'en parler. Peut-être que le problème de Fred lui a
fait réaliser qu'elle avait d'autres chats à fouetter.

Je dois dormir. Je dois être en forme pour ma première journée dans ma nouvelle école.

Tout va bien se passer. J'en suis persuadée.

Publié le 29 août à 16 h 17 par Nam
Humeur : Délivrée

> Première journée : mission réussie

Je suis de retour de l'école et je dois avouer que toutes mes appréhensions n'étaient pas fondées. Ça s'est supra bien passé. Et même si l'école ressemble à une prison avec des corridors qui n'en finissent plus de finir, je crois que je vais vraiment m'amuser là-bas.

J'ai pris l'autobus ce matin avec Kim. Gaston à la moustache était le chauffeur. Je lui ai montré ma carte, toute fière de ne pas l'avoir oubliée.

Il y avait quelques élèves, de sorte que Kim n'a pas arrêté de parler avec eux. Ce qui est vraiment *cool*, c'est qu'elle m'a intégrée dans les conversations. Les gens ont été super gentils avec moi. Et les gars… Il y en a qui sont vraiment beaux ! Un, entre autres. Alexandre. Il est dans ma classe. Je vais l'avoir à l'œil, celui-là. Il n'a pas de blonde, en plus.

Personne n'a fait de commentaires au sujet de mes lunettes ou de mes broches. Mais j'ai quand même été étonnée d'apprendre que la plupart des gens me connaissaient déjà. Je suis la fille… au rat géant ! Ça n'a pas pris de temps. Il a fallu que je remette les pendules à l'heure plus d'une fois. Non, je n'ai pas de rat géant. Je ne le nourris pas aux stéroïdes ou aux chatons (!?). Non, je ne l'ai pas apporté à l'école. Non, il ne s'est pas sauvé et il n'a pas attaqué d'élève. Non, il n'a pas la rage. Non, ce n'est pas moi qui me transforme à la pleine Lune.

Tout cela est ridicule, mais bon, ça me donne un air mystérieux, alors ça ne me déplaît pas trop. Et les élèves savent que c'est vraiment exagéré. C'est juste amusant.

Kim est restée avec moi toute la journée, ce qui est vraiment chouette. Ce qui fait que maintenant, chaque fois que je croise quelqu'un de mon niveau, je le connais. Je ne me rappelle pas de son nom, mais son visage me revient. Et je le salue et il me salue. GÉ-NI-AL ! ☺

Je me suis renseignée pour savoir s'il y avait une équipe d'impro. Il y en a une, elle s'appelle « Les Dégars ». C'est une des profs d'art dramatique qui est en charge. Je suis allée la voir, elle est vraiment gentille. Une grande rousse avec des cheveux longs jusqu'aux fesses qui se nomme Marguerite (mais elle veut qu'on l'appelle Margarita).

Elle appelle tout le monde « ma p'tite fille », même les gars ! Des fois, c'est « mon p'tit ange ». Je lui ai demandé de m'expliquer le nom, elle m'a dit qu'à une époque, genre il y a dix ans, il n'y avait que des gars dans l'équipe. Ils étaient ultra poches et fiers de l'être. C'est pour ça qu'ils se sont appelés les « Dé-gars ». L'année dernière, il y avait quatre gars et deux filles. Poches. Très. Et pas fiers de l'être. Cette année, il faudra reconstruire l'équipe complètement parce qu'ils sont tous au cégep. En fait, Margarita m'a dit que personne ne voulait faire partie de l'équipe parce que c'est une honte.

- Comme si on portait une I.T.S., elle a ajouté. C'est pour ça qu'il n'y avait que des élèves de secondaire 5. Cette année, je crois que c'est la mort de l'équipe.

Je lui ai alors dit que j'en avais fait à mon ancienne école et que ça m'intéresserait d'en refaire.

- Tu ne sais pas dans quoi tu t'embarques, ma p'tite fille. Ça porte malheur, faire partie des Dé-gars. Ta vie deviendra une suite ininterrompue de déceptions.

Elle est drôle, cette Margarita. On verra bien. Je suis sûre que je peux relever ce défi.

Il y a eu plusieurs activités, des trucs nonos, mais sympathiques. Comme essayer d'attraper une pomme avec nos dents dans un seau d'eau ou les yeux bandés, ou fixer la queue d'un âne sur un dessin. Je n'ai pas vraiment participé, de peur de trouver un moyen d'être une autre fois humiliée. Je me suis dit que pour la première journée, j'allais me tenir tranquille. Puis a eu lieu l'épluchette de blé d'Inde.

(…)

Trop *cool*! Alexandre vient de m'ajouter à sa liste de contacts! Il est tellement charmant, ce gars-là.

@l&x : Salut Nam.

Nam : Salut.

@l&x :Tu me reconnais?

Nam : Hum… Si je me fie à la photo de ton profil et à ton nom, t'es Alex. ☺

@l&x : Ouais! C'est moi! Alors, ton rat géant?

Nam : Très drôle. Qui t'a donné mon adresse ?

@l&x : Kim.

Nam : D'ac.

@l&x : Je voulais juste te dire que je te trouve *cool*.

Nam : Merci ! 😄

@l&x : Et belle.

Nam : Wow. C'est super gentil.

@l&x : Toi, tu ne me trouves pas beau ? 😕

Nam : MDR. T'es direct.

@l&x : Pourquoi perdre du temps ?

Nam : Ouais, j'avoue, t'es *cute*.

@l&x : Juste *cute* ? 😳

Nam : Ah ! Ah ! Non, pas juste *cute*.

@l&x : D'ac. Ça va rester entre toi et moi. 🤢

Nam : MDR.

@l&x : T'as encore les dents bleues ?

Nam : Très drôle.

On arrête ici. Ça mérite une explication.

Promis, j'ai essayé de passer inaperçue. Promis, je me suis juré de me faire toute petite et, surtout, de ne rien faire qui puisse, d'une manière ou d'une autre, m'humilier. Eh bien, j'ai raté mon coup. D'aplomb.

Pendant l'épluchette, il y a eu un concours. Il y avait un épi peinturé en bleu. Celui qui l'avait remportait un prix. Évidemment, il a fallu que ça tombe sur moi. Et avant de le manger, j'ai retiré mes lunettes, parce que je savais que ça allait éclabousser partout. Et je n'ai pas pensé un seul instant que c'était interdit parce que je porte des broches. Je me demandais pourquoi Kim n'en mangeait pas...

À un moment donné, j'ai essuyé ma bouche avec une serviette de table. Et c'est là que je me suis rendu compte que quelque chose n'allait pas. C'était bleu. Pas un petit bleu discret, genre bleu ciel. Non. Bleu royal. Je me suis tournée vers Kim. Elle a fait des gros yeux.

– T'as gagné, elle m'a dit. Mais t'étais pas obligée de le manger !

– Je ne m'en étais pas aperçue.

– Voyons, Nam, c'est évident, pourtant !

J'ai jeté un œil à l'épi. Aucune idée comment j'ai pu ne pas me rendre compte qu'il était bleu. Je n'ai pas mis de beurre ou de sel dessus, parce que ça m'écœure. Je m'en serais aperçue à cette étape-là.

Kim m'a passé son miroir de poche et j'ai constaté les dégâts. On aurait dit que je venais de croquer des dizaines de Schtroumpfs ! Et c'était comme si j'avais essayé de me mettre du rouge à lèvres (bleu à lèvres ?) dans des montagnes russes pendant un tremblement de terre ou un ouragan.

Kim a levé les mains et a crié.

– Elle a gagné !

J'ai mis mon index sur ma bouche.

– Non, chut !

– Voyons, Nam. Tu viens de gagner !

Trop tard. TOUS les regards étaient tournés vers moi.

Il y a une prof qui m'a tendu la main et m'a entraînée à l'avant, sur l'estrade. Puis elle m'a fait monter. Elle a pris le micro et devant TOUS les élèves de l'école, elle m'a demandé mon nom et mon niveau. Les broches pleines de grains de blé d'Inde, la bouche barbouillée de bleu, j'ai dit :

- Je déteste le maïs en épi.

Les gens ont commencé à rire.

- Anaïs ? a demandé la prof.

Anaïs ? C'était quoi le rapport ?

- Non. J'ai dit que je n'aimais pas le maïs.

Elle m'a remis une enveloppe.

- Très bien, Anaïs. Félicitations !

Sous les regards de tous les élèves, de secondaire 1 à secondaire 5, je suis allée retrouver Kim. Avec une enveloppe contenant un bon d'achat de librairie d'une valeur de cinquante dollars. Ça avait bien commencé, ça avait bien fini, c'est entre les deux que ça s'était gâté.

Les jeux sont faits : pour les élèves de l'école, je suis maintenant Anaïs, la fille-au-rat-géant-qui-ne-se-rend-pas-compte-qu'elle-mange-un-épi-bleu-et-qui-a-plein-de-grains-dans-les-broches. Un phénomène de cirque. 😊

Mom vient de rentrer avec Fred. Ils avaient rendez-vous chez la travailleuse sociale. Je vais aller aux nouvelles.

À plus.

Publié le 29 août à 20 h 37 par Nam
Humeur : Sceptique

> ### > **Les échos de ma famille**

Je sors de la douche. La méthode de Kim a marché : j'ai réglé le jet au plus dru et je l'ai dirigé sur ma bouche. Le nettoyage des broches a été efficace, quoiqu'un peu désagréable : pendant une seconde, j'ai eu peur de me noyer. Et la méthode n'est pas très douce.

Demain matin, c'est le début officiel de l'année. Voyons voir à quoi ressemble mon horaire…

Jour 1

8 h 20 à 9 h 20 : Éducation physique

9 h 25 à 10 h 25 : Français

10 h 30 à 11 h 30 : Anglais

11 h 35 à 12 h 35 : Dîner

12 h 40 à 13 h 40 : Arts plastiques

13 h 45 à 14 h 45 : Mathématiques

14 h 50 à 15 h 35 : Période d'étude

Bon, pas pire journée. Reste à rencontrer les professeurs et voir de quoi ils ont l'air. N'importe quelle matière peut devenir fascinante, tout dépend du prof qui l'enseigne. C'est Pop qui a dit ça au souper. C'est assez rare qu'il dise quelque chose de sensé, on en profite quand ça passe. 😁 Et franchement, ça a bien du bon sens.

Parce qu'il ne venait pas à moi, j'ai abordé Tintin au sujet de ce qui se passe dans la famille. Mais avant, il a fallu que je lui parle de son accoutrement. Ce matin, il est parti à l'école... en jupe. Quand je l'ai vu, je lui ai fait promettre de ne pas m'adresser la parole. Tsé, j'ai une (pseudo) réputation à préserver !

- Alors, monsieur Tintin, comment s'est passée votre première journée EN JUPE dans votre nouvelle école secondaire remplie de gens méchants, cruels et hypocrites ?

Eh bien, paraît qu'il ne s'est pas fait niaiser une seule fois. OK, il s'est fait pointer du doigt, les gens ont souri sur son passage, mon frère a refusé de lui parler, mais personne ne l'a insulté. On lui a même dit qu'il avait un look *cool*. 😊 Est-ce que j'ai mentionné qu'il s'était rasé les jambes pour l'occasion ?

Tintin dit que ça s'est bien passé parce qu'il s'assume. Tant mieux pour lui !

La maison maintenant.

- Tintin ne sait pas pourquoi Mom a permis à Grand-Papi d'aller chercher H'aïme. Elle n'a rien dit à personne. Faudrait une machine pour fouiller son cerveau. Peut-être que ça se vend sur le Net ? Sûrement. TOUT se vend sur le Net.

- Grand-Papi aurait l'intention d'inviter tout le monde au restaurant pour nous présenter son « amie ». Ça devrait avoir lieu d'ici un mois. Est-ce qu'il va nous faire l'annonce que son « amie » est enceinte et qu'il sera de nouveau père à plus de 70 ans ? Ah ! Ah ! Je niaise pour l'annonce.

- Fred a passé une heure avec la travailleuse sociale. Aujourd'hui, à l'école, il a fait une espèce de crise d'anxiété. Parce qu'il ne peut plus jouer à son jeu vidéo en ligne. Quand la travailleuse sociale lui a annoncé qu'il ne pourrait plus jamais jouer, qu'il fallait qu'il « tue » son personnage pour pouvoir continuer à vivre dans notre monde, le vrai, Fred a *freaké* et il a dit que jamais il ne ferait ça. Paraît qu'à la prochaine séance, il va assassiner son avatar avec la travailleuse sociale. Elle va même lui organiser des funérailles. Bizarre !

Entre-temps, Fred doit se trouver un nouveau passe-temps. Quelque chose qui va lui changer les idées, quelque chose qui va le passionner. La travailleuse sociale a suggéré… une collection de timbres. J'ai bien hâte de voir ça. Ça va vraiment avec sa personnalité. Ah ! Ah ! Ah !

(…)

Je viens de *tchatter* avec Kim. Elle vient de me dire qu'elle a hésité avant de donner mon adresse à Alex parce que c'est un *player*. Je ne savais pas ce que ça signifiait. Elle m'a expliqué que c'est un gars qui charme tout le temps et qui a eu beaucoup de blondes.

Kim au l00k ravageur : Sois prudente.

Nam : Prudente ? Qu'est-ce qui peut bien m'arriver ?

Kim au l00k ravageur : Avant de t'en rendre compte, tu vas être amoureuse de lui. Et il va te traiter comme de la *schnoute*.

Nam : Voyons, voyons.

Kim au 100k ravageur : Comment le trouves-tu ?

Nam : Pas pire.

Kim au 100k ravageur : Je te le répète. Sois prudente.

C'est la première fois que Kim parle en mal de quelqu'un. Depuis que je la connais, on a rencontré des centaines de camarades de classe et jamais elle n'a eu un mot méchant. Ce doit être vrai... En même temps, peut-être qu'elle est jalouse ? Ce serait un peu normal.

Je vais préparer mon lunch pour demain.

Publié le 30 août à 16 h 57 par Nam
Humeur : Éreintée

> Première journée complète, il en reste 199 (à peu près)

C'est fou comme je suis fatiguée! Je n'ai plus l'habitude de faire des efforts, faut croire.

Aujourd'hui, tous les profs se sont donné le mot pour nous faire travailler comme des malades. Genre : « OK les jeunes, les vacances sont terminées, on va vous faire payer pour le bon temps que vous avez eu au cours des deux derniers mois ». On a eu beau protester, ils nous ont cassés d'aplomb.

Voici donc mes premiers commentaires.

Matière : éducation physique

Prof : madame Ghislaine (il faut appeler tous les profs monsieur ou madame — préférablement, si on ne veut pas couler notre année, il vaut mieux appeler les hommes « monsieur » et les femmes « madame »).

Particularité : elle n'a pas de bras gauche!

Rumeurs, méchancetés ou autres : Tout le monde se demande comment elle a perdu son bras. Les hypothèses sont nombreuses : accident d'auto, rencontre avec un alligator de mauvaise humeur et même un incident avec une machine pour faire du steak haché est possible.

Premières impressions : on a joué au badminton et même s'il elle n'a qu'un bras, elle a planté tout le monde à plate couture. Elle est très compétitive et quand l'un de nous ne fournit pas un effort suffisant, elle n'hésite pas à le traiter de « grosse patate ».

* * *

Matière : Français

Prof : monsieur Patrick

Particularités : Dans la trentaine et vrrraiment beau ! 😊

Rumeurs, méchancetés ou autres : Exigeant, sourit très rarement (au même rythme que les éclipses lunaires, genre), vouvoie ses élèves.

Premières impressions : On dirait que je suis la seule à le trouver supra *cute*. Quand je suis entrée dans sa classe, je m'attendais à voir un petit homme chauve portant une cravate et des lunettes rondes. Pas du tout. Et malgré ce qu'on m'avait dit, il m'a souri quand nos regards se sont croisés. Il nous a annoncé qu'on allait lire une vingtaine de romans pendant l'année scolaire. Beaucoup ont rouspété, moi, je trouve ça génial.

* * *

Matière : Arts plastiques

Prof : monsieur Guy

Particularités : souffre de calvitie, a des cheveux longs poivre et sel, des dents croches, une barbe.

Rumeurs, méchancetés ou autres : Je me suis laissé dire qu'il sacrait tout le temps, mais qu'il était vraiment *cool*.

Premières impressions : Il sacre effectivement tout le temps et il est effectivement vraiment *cool*. Il nous a expliqué qu'il ne donnait que deux notes dans son cours : 40 % ou 90 %, tout dépend de l'effort. Aujourd'hui, il nous a demandé de faire ce qu'on voulait avec dix bâtons de bois pour le café et de la colle blanche. J'ai essayé de faire un bateau. Le résultat a été, comment dire ? Minable. Ça ressemblait plus à une forme extraterrestre non intelligente qu'à un bateau.

* * *

Matière : Mathématiques

Prof : madame Sylvie

Particularités : A les cheveux gras, marche le dos courbé en regardant par terre, a les doigts croches et une voix vraiment aiguë.

Rumeurs, méchancetés ou autres : surnommée la Sorcière du local B-21. Paraît qu'elle insiste pour avoir cette classe depuis des années parce qu'on voit où sont situées les bennes à ordures par les fenêtres. Aurait déjà dévoré un adolescent trop turbulent.

Premières impressions : Elle a mentionné quatre fois en une heure que dans huit ans, elle allait pouvoir ENFIN prendre sa retraite. N'a pas l'air heureuse. Vraiment pas. J'ai déjà une tonne de devoirs, elle veut qu'on révise ce qu'on a appris l'année dernière.

À part de ça, tout s'est bien passé. Les gens sont gentils. Je me sens un peu exclue parce que je n'étais pas dans cette école l'année dernière, mais c'est normal.

Les vestiaires du gymnase ont été rénovés cet été. Ils sont vraiment superbes, on peut même prendre une douche. Mais personne ne le fait parce qu'on n'a pas le temps, mais surtout parce que se mettre nu devant tout le monde, c'est vraiment gênant, sauf pour Kim qui s'est promenée en soutien-gorge et en bobettes comme si de rien n'était. Elle dit qu'il ne faut pas se gêner, c'est comme être en bikini. Ouain… Sauf qu'il n'y a ni soleil ni piscine.

On m'a dit que les vestiaires étaient vraiment en mauvais état l'année dernière et que c'était une urgence de les rénover. Les carreaux du plancher collaient aux chaussures et les portes des casiers ne fermaient pas correctement. Ah oui, il paraît que les gars, de leur vestiaire, pouvaient épier les filles par un trou dans le mur. Clara s'est fait niaiser par les gars l'année dernière parce qu'elle portait une culotte rose avec des cœurs dessus. Et il y a des gars qui ont raconté que de leur côté ils pouvaient tout voir. Mais bon… Il suffit peut-être qu'une fille méchante raconte quelque chose à un gars pour que les autres en fassent toute une histoire. Ils sont tellement immatures. 😒

Parlant de garçon… Alex m'a tourné autour toute la journée. Pendant le cours de gym, il a même voulu faire équipe avec moi pour jouer au badminton. Mais Kim s'est interposée. Hé, hé… Elle est protectrice. Elle ne veut pas qu'il m'arrive de mal. Mais bon… Je suis quand même assez grande pour me défendre seule.

Les élections pour choisir la représentante de niveau auront lieu dans un mois. Kim m'a dit qu'elle désire devenir la présidente de l'école. Elle est éligible puisqu'elle a déjà été représentante de niveau pendant un an. Le problème, c'est qu'une fille de secondaire 2 n'a jamais été présidente de l'école. Le président a toujours été choisi parmi les élèves de secondaire 4 ou de secondaire 5. Malgré cela, Kim croit que ses chances sont bonnes.

Je vais aller souper, puis je ferai mes devoirs. Yé. Ça me rappelle de bons souvenirs.

Publié le 31 août à 0 h 12 par Nam
Humeur : Enchantée

> Une chance que j'étais fatiguée

Incroyable mais vrai! J'ai passé la soirée à *tchatter* avec Alex. Je m'étais dit que je serais très raisonnable et que je ne parlerais avec lui qu'une demi-heure, mais il est tellement génial, ce gars. Tellement drôle! J'ai écrit plus de MDR dans ma soirée que dans toutes mes conversations réunies d'internaute.

C'est fou, on peut vraiment parler de tout avec lui. Il est ouvert à tout. Et il a une opinion sur tout, aussi. C'est pour ça que je n'ai pas osé mettre fin à la conversation. Fascinant le mec, vraiment. Ce n'est pas de ma faute si je me couche super tard, c'est de la sienne!

Il m'a dit au moins vingt fois à quel point j'étais belle et « craquante ». Je lui ai demandé d'arrêter parce qu'il exagérait, mais dans le fond, ça me faisait du bien chaque fois. Ça remonte le moral!

On a déconné pas mal. Il m'a dit que pour notre voyage de noces, il m'emmènerait en Alaska voir les bébés phoques trop mignons. Et qu'il construirait lui-même notre maison. Ce serait peut-être tout croche, mais il y aurait mis beaucoup d'amour.

Je suis sous son charme, vraiment. Avant de partir, il m'a dit qu'il serait à ma porte d'entrée demain matin

137

quand j'allais sortir pour aller prendre l'autobus. Pfff…
On verra bien.

J'ai *full* devoir de maths. Et le pire, c'est que je ne
me rappelle plus de rien de ce que j'ai fait l'année passée. Allez, je vais expédier la chose en dix minutes et je
vais aller dormir.

> Ce soir, je me couche tôt

La journée a été pénible. J'étais crevée. J'ai cogné des clous pendant mes cours. Je croyais qu'après le dîner je me sentirais plus en forme parce que je venais de manger, mais non, pas du tout. Au contraire. Je voulais tellement mon lit ! J'ai même pensé aller dormir dans une allée sombre de la bibliothèque, par terre, sur le tapis. J'aurais pu passer incognito en me réfugiant sous une pile de livres. Mais bon… Le concierge nettoyait les tapis, il m'aurait dérangée.

Hier soir, en théorie, je devais faire mes devoirs de maths, mais je me suis laissé tenter par les draps tellement accueillants de mon lit. Ce matin, quand le cadran a sonné, la levée du corps a été super pénible. Si mon réveille-matin avait eu un bouton *snooze*, j'aurais appuyé dessus jusqu'à midi. Je ne m'en sors pas, pour être en forme, il me faut au moins neuf heures de sommeil. Dix, c'est parfait. Là, j'en avais genre six. Vraiment trop peu. Ça s'annonçait difficile.

Quand je suis sortie de la maison, Kim m'attendait. Elle a tout de suite vu que j'avais passé une courte nuit.

- Oh *boy*. Ça va ?

- Ouais. Je suis fatiguée.

- Tu ne dors pas la nuit?

- J'ai fait de l'insomnie.

Méchante amie que je suis. Je ne voulais pas lui dire la vérité parce que je sais qu'elle m'aurait encore fait la morale.

On a marché vers l'arrêt d'autobus.

- C'est pas bon signe, l'insomnie. Ça veut dire qu'il y a quelque chose qui te trouble. Raconte à matante ce qui ne va pas.

- Rien, j'ai dit. Je pense trop, c'est tout.

- T'as fait tes devoirs de maths? J'ai passé une heure hier soir, c'était dur.

- Non, non. Je vais regarder ça dans l'autobus.

On tournait le coin de la rue.

- L'autobus?

Pas eu le temps de répondre. Qui m'attendait à l'arrêt d'autobus? Alex.

J'ai pensé faire demi-tour, mais ça aurait paru vraiment trop étrange. Je ne sais pas pourquoi j'ai été surprise... Alex m'avait dit qu'il serait là! Faut croire que je n'ai pas cru ses belles paroles.

En le voyant, Kim m'a demandé :

- Qu'est-ce qu'il fait là, lui?

- Qui?

Elle l'a pointé du doigt.

- Lui.

- Qui c'est ?

- Voyons, a fait Kim. C'est Alex.

- Ah oui ?

(Je sais que je n'ai aucune chance de remporter l'Oscar de la meilleure actrice. Pas cette année, en tout cas.)

J'ai espéré très très fort qu'Alex fasse comme si on n'avait pas discuté des heures hier soir. Espoir déçu. Dès qu'il m'a vue, il m'a fait un grand sourire. Et dès que j'ai été assez proche de lui, il a pris ma main et l'a embrassée.

- Bien dormi ? il m'a demandé.

- Pas sûre, j'ai répondu.

- OK… a murmuré Kim. Je comprends.

- Il n'y a rien à comprendre, je lui ai répondu.

- Non, ça va. Je ne suis pas idiote.

L'autobus est arrivé. Dès qu'elle y est entrée, Kim s'est dirigée d'un pas décidé dans le fond. Elle était frue. Vraiment frue.

Pour ma part, lorsque j'ai touché la poche arrière de mon jean pour prendre mon laissez-passer, j'ai réalisé que je l'avais oublié à la maison.

- *Shnoute* !

J'ai regardé Gaston d'un air suppliant. C'était clair qu'il n'allait pas céder : il avait l'air d'un ogre prêt à m'avaler sans mastiquer.

- Que se passe-t-il ? m'a demandé Alex derrière moi.

- J'ai oublié ma passe.

Je n'avais pas un sou sur moi. Et je n'allais sûrement pas demander à Kim de me prêter de l'argent !

Alex est passé devant moi, a montré à Gaston son laissez-passer, puis lui a glissé quelque chose à l'oreille. Gaston le moustachu a souri. (Oui ! Alex l'a fait SOURIRE !)

- Correct, a laissé échapper le chauffeur. Passe.

Je n'en croyais pas mes oreilles.

- C'est un féroce, ce chauffeur. Qu'est-ce que tu lui as dit pour qu'il me laisse entrer ?

Alex m'a fait un clin d'œil.

- C'est un secret.

On a parlé pendant tout le trajet. En fait, il a parlé. Moi, j'ai essayé de garder mes yeux ouverts. Et une fois de temps en temps, j'ai lancé des regards en direction de Kim. Elle était visiblement fâchée contre moi. Ses écouteurs de lecteur MP3 sur les oreilles, elle regardait droit devant elle. Génial… Deuxième journée d'école et je suis en chicane avec ma nouvelle *best*. 🙁 Bravo, Nam ! Est-ce que c'est un record Guinness ? Faudra que je vérifie.

Kim ne m'a pas adressé la parole une seule fois de la journée. Alex m'a collée. Il m'a même aidée à faire ma révision pendant l'heure du dîner. Il est gentil. Et chaque fois qu'il me touche (ce qu'il fait souvent, genre une main sur le bras ou sur le genou), ça me fait quelque chose. Quelque chose qui me rappelle ce que j'ai vécu avec Zac.

Mais je ne peux pas en profiter pleinement parce que Kim est fâchée.

Fait suer… J'aurais dû lui dire ce matin, en sortant de la maison, ce qui s'était passé avec Alex. Mais si elle l'aime secrètement, je comprends que ce doit être dur à vivre. Je suis nouvelle à l'école et première journée, il me fait du charme.

Faut que je parle avec elle. Mais elle n'est pas branchée sur Messager. Elle m'a bloquée, c'est sûr. Et si je me rends chez elle, j'ai peur qu'elle me claque la porte au nez. Je vais lui envoyer un courriel.

(…)

Voici ce que je lui ai écrit. Copier-coller :

« Salut Kim,

Écoute, je me sens mal depuis ce matin. Il faut qu'on se parle. Je tiens à toi.

Nam »

J'espère qu'elle va lire ses courriels avant de se coucher.

En arrivant de l'école, j'ai pris la direction de mon lit. Je crois que ma tête n'était même pas encore sur l'oreiller que déjà je rêvais. C'est Mom qui m'a réveillée à 18 h pour souper. Ce soir, je serai sage. Il le faut.

(…)

Je viens de recevoir un message de Kim !

« Moi aussi je tiens à toi. Tu me manques. On se parle demain matin, je m'en vais me coucher, j'ai eu une mauvaise journée.

Kim au look ravageur »

Est-ce que je dois me sentir coupable ?! Est-ce que je dois comprendre que je lui ai fait vivre une mauvaise journée ? 😕 Pas de panique. Peut-être pas. Il me semble qu'elle ne dirait pas ça comme ça. L'important est qu'elle veuille me parler. C'est la bonne nouvelle.

Aujourd'hui, j'avais enseignement moral, français, sciences et technologie, maths et anglais. Je poursuis mes observations sur les profs.

Matière : Enseignement moral

Prof : madame Julie

Particularité : Elle est toute petite, on dirait qu'elle a mon âge.

Rumeurs, méchancetés ou autres : Nouvelle à l'école. Personne ne la connaît. Elle semble gentille et elle a un bon sens de l'humour. Elle s'est présentée en parlant d'elle en utilisant le « nous ». Personne ne comprenait jusqu'à ce qu'elle explique qu'elle s'est levée ce matin avec un bouton sur le nez et que s'il continue à grossir, il va bientôt parler. 😀

Premières impressions : Son cours risque d'être pas mal relax. Après les présentations, on a parlé de ce qu'on avait fait de notre été. Ah oui, elle a mémorisé tous nos noms et elle a réussi ! Si on la rencontre dans un corridor et qu'elle n'arrive pas à se rappeler notre prénom, elle ajoutera 10 % à notre note de bulletin.

* * *

Matière : Sciences et techno

Prof : monsieur Michel

Particularités : Il s'habille supra mal. Aujourd'hui, chemise rose détachée jusqu'au milieu de la poitrine, pantalon en faux cuir et bottes de cowboy. Au moins, son parfum sent bon.

Rumeurs, méchancetés ou autres : Semblerait qu'il est un des profs les plus *cool* de l'école. Parfois, il parle avec Jésus. Ils ne discutent pas de trucs religieux, mais de la partie de hockey du soir d'avant.

Premières impressions : Un excentrique. Pour l'instant, il me fait un peu peur.

* * *

Matière : Anglais

Prof : madame Rita

Particularité : Elle porte des boucles d'oreilles ÉNORMES. Genre elles pourraient servir d'anneaux pour jouer au basket. (Je ne pensais jamais qu'un lobe d'oreille pouvait être aussi résistant.)

Rumeurs, méchancetés ou autres : Elle est sévère et son parfum sent si mauvais qu'il aurait déjà fait vomir des élèves. Se maquille énormément, genre que c'est Halloween tous les jours pour elle. Si elle arrêtait de se beurrer le visage, c'est toute l'industrie des cosmétiques qui ferait faillite.

Premières impressions : Elle ne parle qu'en anglais et ça m'énerve. Elle refuse qu'on lui réponde en français, donc on a l'air de zoufs quand on parle. Elle a dit que même à l'extérieur de la classe, elle ne s'adresse à ses élèves que dans la langue de Shakespeare (c'est comme ça que ça s'écrit ? Je vérifie… Oui ! Je suis *hot* !)

Ah oui, en maths, tout s'est quand même assez bien déroulé. Madame Sylvie nous a fait passer un « examen express ». J'ai eu 7 sur 10. Pas pire.

Allez, je suis crevée. Dodo.

> Vu!

Kim a vu le gars qui porte le t-shirt de Zac! Elle était dans la cafétéria, en ligne pour sa dose quotidienne de gras, de sucre et de sel, quand il est passé devant elle. Elle a essayé de le rattraper, mais elle l'a perdu de vue. J'ai aussi tenté de le retrouver, mais la poly est tellement grande que c'est impossible. Elle m'a donné une description : assez grand, mince, les cheveux bruns assez longs et il portait des jeans. Super! Le quart des gars de secondaire 4 et 5 ressemblent à ça.

Je lui ai demandé de me dessiner un portrait-robot. Elle a déchiré une page de son agenda et s'est exécutée. Lorsqu'elle m'a montré le croquis, j'ai été un peu secouée.

- *Wow.* Il ressemble vraiment à ça?

- Ouais, elle a dit.

- OK. Euh, il a un nez de cochon?

- Non, non.

- Et, euh, pourquoi lui avoir fait des oreilles d'elfe?

- Ben, les oreilles, je ne savais pas trop à quoi elles ressemblaient. Je trouvais ça original.

- D'accord. Et pourquoi il est triste?

- Triste ? Non, non, il ne pleure pas. Il vient d'éplucher des oignons. Ça lui donne un côté plus tendre. Ça lui donne une âme.

- OK, mais le but du portrait-robot, c'est d'aider à le retrouver. Si je fais des photocopies de ce dessin et que je le colle un peu partout en écrivant « Recherché » dessus, ils vont évacuer l'école et appeler la police, croyant qu'un monstre sorti du *Seigneur des anneaux* est entré dans l'école.

Elle a repris son dessin, faisant semblant d'être offusquée.

- J'ai fait mon possible. Si tu n'es pas capable d'apprécier ma fibre artistique, laisse faire.

Eh oui, ça va mieux avec Kim. Beaucoup mieux. On a parlé ce matin. Je lui ai expliqué pourquoi je ne lui avais pas dit la vérité hier matin. Et je me suis excusée. Je lui ai donné mon point de vue. Je lui ai dit que je ne voulais pas qu'elle me juge. Alex, je le trouve sympa. Et il est super chouette avec moi.

- Ça va, elle m'a dit. Je comprends. C'est juste que… C'est juste que je ne veux pas que tu aies de la peine. Je t'aime.

- T'es fine. Mais je ne sors pas avec. On fait juste discuter, on *flirte* un peu.

J'ai laissé passer un ange, puis j'ai posé la question qui me brûlait les lèvres :

- Est-ce que tu… Est-ce que t'as des sentiments pour lui ?

- Pour qui ? Alex ?

- Ouais.

Elle a esquissé un léger sourire.

- Non, pas du tout. Ce n'est pas ça le problème.

Le « problème » ? J'ai accroché sur le mot.

- Qu'est-ce qu'il y a, alors ? Avec mon ancienne *best*, il y a eu une histoire comme celle-là. On aimait toutes les deux le même gars et ça a fait des histoires. Je ne veux pas que ça recommence.

- Je comprends. C'est juste que ce gars-là n'a pas de respect pour les filles. Il va tout faire pour t'attirer dans sa toile et quand il va t'avoir, il va te laisser tomber. Il a fait ça avec trois filles, l'année dernière.

- Ah oui ? Qui ?

- Isabelle, Mathilde et une autre Isabelle qui n'est plus à notre école.

- D'accord. Eh bien je te remercie de te soucier de moi.

J'avais encore le mot « problème » en tête. J'ai poursuivi :

- Mais il y a autre chose, non ?

- Peut-être.

- Tu veux m'en parler ?

- Mes parents m'ont appris en fin de semaine que j'avais été adoptée.

Euh… 😮 Elle a des yeux bridés, des cheveux noirs super raides et une peau plus jaunâtre que la moyenne, ce que n'a aucun de ses parents. Elle n'avait pas remarqué ??!!

Elle a tourné la tête pour voir ma réaction. Puis elle a éclaté de rire.

- C't'une *joke*.

- Ah... Me semblait, aussi.

L'autobus est arrivé. Cette fois, j'avais mon laissez-passer que Gaston le grognon n'a même pas regardé.

Le premier cours de la journée était géographie. C'est le même prof que pour le cours d'histoire. Je crois que c'est le dernier prof dont je n'ai pas parlé. Donc :

Matière : Géo-histoire

Prof : monsieur Roger

Particularités : Porte une perruque. Tout le monde s'en rend compte, sauf qu'il n'a pas l'air de le remarquer. Fait des blagues d'une grande nullité dont il est le seul à rire. Tente d'être *cool*, mais échoue lamentablement.

Rumeurs, méchancetés ou autres : A des sautes d'humeur. L'année dernière, des élèves lui ont enlevé sa perruque et ont demandé une rançon. Pendant la journée où a eu lieu ce kidnapping, monsieur Roger a porté une tuque qu'il a trouvée dans la boîte des objets perdus (en plein mois de mai !). Finalement, la perruque a été retrouvée dans une poubelle par Killer le concierge géant. Il croyait avoir découvert une nouvelle race de mammifère.

Premières impressions : Ses blagues sont effectivement super nulles. C'est embarrassant. Je cherche un exemple... Ah oui. Quelle est la différence entre une cigarette et un ascenseur ? Les deux font « descendre » (des cendres). Tadam ! Alex a dit qu'il voulait écrire un recueil de ses blagues et les brûler pour tenter d'éloigner les mauvais esprits qui les lui suggèrent.

(...)

Je viens de *tchatter* avec Kim. Il faut trouver un moyen de retrouver le gars au t-shirt. Il faut que je le questionne. Kim a fait jouer ses contacts, mais ça n'a rien donné pour l'instant. Personne ne remarque les t-shirts de ses camarades. À moins que ce soit un truc super offensant, genre une licorne qui galope sur un arc-en-ciel.

Il faut absolument que je le retrouve. C'est peut-être ma dernière chance. Et s'il ne portait plus ce t-shirt pour aller à l'école ? S'il était bouffé par des mites stupides qui raffolent des poissons rouges (le t-shirt, pas le gars 😳)? Si sa laveuse le déchiquetait ? S'il décidait de l'utiliser uniquement pour faire des sales boulots, comme de repeindre un plafond ? Si son sèche-linge décidait de le faire disparaître ou s'il devenait fou et le brûlait ? Non !!! Il ne faut pas que ça arrive !

Un peu de calme. Je vais aller faire mes devoirs.

> Trouvé !

Kim vient de m'annoncer qu'elle a trouvé le gars !
Il s'appelle Charles et il est en secondaire 4. J'ai un
rendez-vous avec lui demain matin, au centre d'achats
parce que c'est samedi et qu'il travaille là-bas. *Shnoute* !
Je dois maintenant trouver quoi lui dire. 🌑 Je ne veux
pas avoir l'air nouille. Et je ne veux surtout pas qu'il
s'enfuie parce qu'il me trouve trop bizarre.

Voici les questions auxquelles je dois absolument
trouver des réponses :

> Où a-t-il trouvé ce t-shirt ou qui lui a donné ?

> Qu'a-t-il fait l'été dernier ?

> Lorsqu'il porte ce t-shirt, sent-il une présence ?

> Lorsqu'il porte ce t-shirt, a-t-il l'impression d'avoir
des super pouvoirs ?

> A-t-il l'impression de pouvoir patiner et de savoir
manier un bâton de hockey ?

> A-t-il le goût de faire des katas, comme au karaté ?

Bon. Je crois que je vais lui poser uniquement les
deux premières questions. Les autres risquent de me
faire passer pour une illuminée (ce que je suis, mais
bon, j'essaie de cacher mon jeu).

Je dois savoir. ABSOLUMENT.

Kim m'a encore demandé pourquoi je tenais tant à savoir qui c'était. Je lui ai dit que c'était un secret. Pas le goût de lui parler de Zac. Pas tout de suite.

(…)

NOUVELLES DE DERNIÈRE HEURE – NOUVELLES DE DERNIÈRE HEURE - NOUVELLES DE DERNIÈRE HEURE – NOUVELLES DE DERNIÈRE HEURE

Je viens de parler avec Tintin. Voici les dernières informations concernant ma famille.

- L'amie de Grand-Papi vient souper à la maison samedi soir. Mom est au courant et dit avoir « hâte » de la rencontrer. Elle s'attend probablement à voir un clone de la mère Noël. Lorsqu'elle m'a posé des questions à son sujet, la seule chose que j'ai dite est qu'elle était « gentille ». Pas qu'elle était plus jeune qu'elle.

- Pop a commencé à regarder pour une nouvelle automobile. Il se demande s'il devrait acheter une noire ou une rouge. Tant qu'elle roule et qu'elle ne tire pas des missiles, je m'en fous pas mal.

- Mom a raté son pudding chômeur cet après-midi. Même Youki mon petit chien d'amooouurrr ne voulait pas le manger. H'aïme, le renardeau tout mignon, a reniflé le plat et s'est sauvé en poussant des cris de désespoir. Je crois qu'il veut retourner dans la forêt. Mom trouve le renard plutôt mignon. 😌

- Fred a commencé une collection de timbres (!!!) afin de voir si ça pouvait devenir sa passion. Tintin l'appelle « le Philatéliste ». Mom lui a acheté un kit de départ, des centaines de timbres de plein de pays différents, un livre pour les placer et une pince. Selon Tintin, le but est de prendre un à un les timbres avec la pince et de trouver leur place dans le livre. Excitant.

Fred s'est tanné et il a plutôt décidé de coller les timbres sur son corps, pour voir s'il pouvait le recouvrir complètement. Il s'est vite aperçu qu'il n'en avait pas assez. Il a donc décidé de se concentrer sur la zone entre son nombril et ses genoux. Un peu comme s'il se faisait un boxer, mais avec des timbres. Tintin a pris une photo, mais j'ai refusé de la regarder. Pas le goût d'aller consulter une psychologue tout de suite. Pour les timbres, donc, c'est raté. Faudra qu'il se trouve un autre hobby.

(…)

J'ai *tchatté* avec Alex et il m'a demandé si j'avais le goût d'aller chez lui demain soir. Il fait un party. Il invite quelques amis pour célébrer la nouvelle année scolaire. Ses parents ne seront pas là.

Je vais y penser.

Un poisson rouge
nouveau genre...

Namx♡x

> VRAIMENT pas lui, genre VRAIMENT pas

Je me suis levée ce matin avec le cœur au bord des lèvres tellement j'étais nerveuse. J'ai mal dormi, en plus. Youki est venu me rejoindre et il prenait trop de place. Il avait décidé de se coucher sur mon oreiller et pas ailleurs. J'avais beau le repousser, il revenait tout le temps. Mais ce qui m'insulte le plus, c'est qu'il met ses fesses dans mon visage. Ark! Il le sait, en plus, et il le fait exprès. J'ai essayé un jour de lui rendre la monnaie de sa pièce. Pendant qu'il dormait, j'ai mis mes foufounes à un centimètre de sa tête. Je suis restée là pendant UNE HEURE et il ne s'est rendu compte de rien. C'est une guerre que je vais perdre. Je crois qu'il vaut mieux que je capitule immédiatement.

Tel que prévu, je me suis rendue au centre d'achats ce matin. Grand-Papi m'a accompagnée, il fallait qu'il achète du vin pour ce soir et se fasse couper les cheveux. Il m'a dit que cette soirée le rendait nerveux. Aussi incroyable que cela puisse paraître, c'est lui qui va préparer le souper! Il a trouvé une recette sur Internet, qui va tous nous impressionner. Il ne veut pas me dire ce que c'est. J'espère qu'il a bien lu et que ce n'est pas une recette de bombe puante.

Bref, je me suis rendue au centre d'achats avec Kim. J'avais rendez-vous avec Charles, le fameux mec au t-shirt. Dans l'auto, en m'adressant à Kim, j'ai répété les questions que je voulais poser afin qu'elle me dise si j'avais l'air ridicule ou non. Même si je change l'ordre de toutes les questions, même si je prends un ton hystérique ou calme, elle pense que j'ai l'air débile. Elle m'a demandé de ne juste pas danser sur les tables.

Elle a dit les tables parce qu'il travaille dans un resto de « manger poubelle », *junk food*. Un nom supra poétique qui ferait fondre la fille la plus dure en ville : *La patate frite enchantée PLUS*. C'est le PLUS qui fait tout le travail, je crois. L'espèce de mascotte sur la devanture est une patate frite en trois dimensions déguisée en Merlin l'enchanteur. Ses yeux clignotent. Je suis sûre qu'elle prend vie la nuit.

De loin, on a observé le resto (j'avais apporté mes jumelles, en excellente espionne que je suis). Il n'y avait que deux personnes derrière le comptoir. Un mec de peut-être quarante ans qui utilisait probablement le gras de ses cheveux comme huile à friture et qui avait un nez de sorcière. Et un autre, pas mal plus jeune, blond, petit et gros avec un chapeau de magicien sur la tête (ça m'a pris quelques secondes pour comprendre ; la patate frite est ENCHANTÉE, donc synonyme de magie, méga concept, ça met dans l'ambiance). Il coupait des oignons et son tablier était parsemé de taches suspectes.

Le petit blond, il m'a semblé l'avoir déjà vu à l'école.

Je prête les jumelles à Kim.

- Charles est sûrement aux cuisines, je lui dis, déguisé en arbre qui parle d'une quelconque forêt magique. Ou peut-être que tu l'as bien dessiné, finalement, il a des oreilles de lutin. Qui t'a donné l'info ?

- C'est la cousine d'une fille avec qui j'ai fait du bénévolat l'année dernière. Elle est déjà sortie avec lui.

- T'es une vraie détective privée.

- Il me regarde.

- Qui ?

- Le gars.

Effectivement, le blond nous regardait. J'ai arraché les jumelles des mains de Kim.

- Fais comme si de rien n'était !

- On était seules, il n'y avait pas un chat dans la foire alimentaire !

On a quand même « fait comme si de rien n'était ». Deux folles.

- Hé !

On s'est retournées. Le blond au chapeau de magicien nous hélait.

- Kim ? il a demandé.

- Ne lui réponds pas, j'ai dit à ma *best*.

- Voyons ! C'est clair que c'est à nous qu'il s'adresse.

- Oui, mais on fait semblant d'être sourdes. Ça se peut, non ?

- C'est ridicule.

Une vieille frite toute molle et graisseuse a atterri sur la table entre nous deux. On s'est retournées en même temps.

- Kim ? C'est moi, Charles !

C'était le petit gros blond qui venait de parler.

- Oh *boy*, j'ai dit. T'es encore plus mauvaise en dessin que je le croyais. Faudrait que tu t'achètes des lunettes. Tu m'as dit qu'il était assez grand, mince avec les cheveux longs.

- Ouais, eh bien, il me semble que c'était ça.

On s'est levées et on s'est approchées.

- C'est super de m'espionner, a dit le blond. Mais vous auriez pu être plus subtiles.

Comme si Kim avait été blessée dans son orgueil, elle a répondu :

- On ne t'espionnait pas. On… Euh…

Je nous ai sauvées en disant :

- On vient de les acheter et on les essayait.

- Les magasins ne sont même pas encore ouverts.

- Elle n'a pas dit qu'on les avait achetées aujourd'hui.

- En tout cas, vous vouliez me parler, il a dit en continuant à couper des oignons.

- Ouais, euh, en fait, c'est mon amie qui voulait te parler.

J'ai sorti la feuille lignée pliée en mille de ma poche arrière sur laquelle il y avait mes questions. Je me demandais vraiment ce que je faisais là.

- OK, euh, première question, où as-tu eu le t-shirt? Est-ce que c'était genre un cadeau?

- Le t-shirt? Quel t-shirt?

Je me suis tournée vers Kim.

- Il n'est pas au courant?

- J'imagine que non, elle a dit. Hier, à l'école, tu portais un t-shirt avec un poisson?

- Euh, ouais. Je crois.

- Alors t'es le bon gars. Elle te cherche comme une folle et elle ne veut pas me dire pourquoi.

- N'exagère pas… j'ai dit à Kim.

Le monsieur aux cheveux plein de cholestérol, qui nous avait observés tout le long, un couteau à la main, s'est approché.

- OK, les filles, il a du travail à faire…

- Je sais, monsieur, a dit Kim. Mais ce monsieur fait partie d'une enquête internationale très importante et nous devons l'interroger. Accordez-nous deux minutes et nous vous le rendrons.

Il a reculé et nous a regardées d'un air suspect. C'était officiel, nous passions pour folles. Pour être sûre de bien m'enfoncer dans le ridicule, j'ai continué :

- Ouais, eh bien, le t-shirt que tu portais hier, tu l'as eu où?

- Attends, je t'arrête. J'ai déjà une blonde.

- Hein ?

- Ouais, j'ai déjà une blonde. T'es *cute* et si je n'avais pas une amoureuse, je dirais oui, mais...

- Attends, je ne veux pas sortir avec toi.

- Les filles, vous prenez toujours des moyens détournés pour me dire que vous m'aimez. Mon t-shirt, je ne l'avais jamais entendue, celle-là. Et là, vu que je viens de te dire non, tu fais comme si tu ne m'aimais pas. Je les connais, vos trucs.

Kim s'est esclaffée. La situation devenait de plus en plus absurde. Les gars qui portent des chapeaux de magicien en faisant cuire des hot-dogs, ce n'est pas mon truc.

- Non, non, ce n'est pas ça. Je veux juste savoir où tu as eu ton t-shirt. Tu l'as trouvé où ?

- Tu parles de celui-là ?

Il a levé son tablier et nous a exhibé son corps nu. Nan, je niaise. Il nous a montré son t-shirt. Il y avait un requin dessus, la gueule ouverte. Et c'était écrit « Je suis un dauphin hypocrite ».

J'ai fait un pas en arrière.

- Ce n'était pas ça, le t-shirt ?

- Ouais.

- Ce n'est pas un poisson rouge !

- Je sais, c'est un requin.

– Tu portes tes t-shirts deux journées d'affilée ? a demandé Kim, sur un ton scandalisé.

– Ben, euh, ça arrive, a dit Charles.

– OK, les p'tites filles, le deux minutes est passé. Laissez mon employé travailler.

On est parties. Je pense qu'on n'a même pas remercié Charles qui, j'en suis persuadée, pense qu'on veut faire partie de son fan club.

Donc, plein de ridiculisations plus tard, je recommence à zéro : qui porte le t-shirt de Zac et où l'a-t-il eu ?

Je m'en vais dîner.

> Belle soirée

Ahhh… Je viens de passer un très bon moment. Le souper avec Valérie, l'« amie » de Grand-Papi, a été super agréable. Je ne sais pas pourquoi, mais Grand-Papi utilise encore cette expression pour présenter sa blonde. C'est comme s'il était gêné de dire que c'est son amie de cœur. Pas grave, c'est juste *cute*.

C'est peut-être aussi parce qu'il ne veut pas trop brusquer Mom. Ils ne se sont pas embrassés une seule fois en sa présence. Faut dire qu'elle a été assez étonnée quand Valérie est entrée dans la maison. Elle pensait que c'était genre la fille de l'amie de Grand-Papi venue la reconduire. Quand Grand-Papi l'a présentée, Mom pensait qu'il blaguait. Quelques minutes plus tard, elle a réalisé qu'il n'y aurait pas de dame à la tête blanche se déplaçant avec une marchette. Elle souriait moins, mettons. Surtout que Valérie prenait la main de Grand-Papi sans trop se gêner.

À un moment donné, Valérie a demandé à Mom d'arrêter de la vouvoyer parce qu'ils avaient « à peu près le même âge ». :') Mom est restée un peu bête. Mais plus Valérie parlait, moins la situation était tendue. Parce que Val est vraiment *cool*. Et drôle.

C'était Grand-Papi qui préparait le souper, comme je l'ai écrit. Un truc trouvé sur Internet. C'était supposé être des escalopes de veau à la romaine (ce qui est le mets préféré de Val, je l'ai appris plus tard). Mais comme la dernière fois que Grand-Papi a cuisiné, les dinosaures régnaient encore sur notre monde, ça ne s'est pas trop bien passé. Ça a fini qu'on a commandé du poulet.

Pop a trouvé la situation bien drôle et a fait des mauvaises blagues, pour faire changement. Val a ri, mais juste pour être gentille. Fred s'en foutait tandis que Tintin a refusé de manger parce qu'il a lu quelque part que les poulets pouvaient être porteurs d'un gène extraterrestre (il commence à être fatigant avec ses bonhommes verts, lui).

À la fin du souper, Mom et Val s'entendaient à merveille et riaient ensemble. Ce qui est vraiment *cool*. Quand Mom lui a dit qu'elle pouvait dormir dans la chambre d'amis, Grand-Papi lui a dit que ça n'allait pas être nécessaire, qu'il y avait un autre endroit plus « confortable ». Mom a ri jaune tandis que Pop ricanait et faisait des clins d'œil à son beau-père et le félicitait d'être aussi « vigoureux ». Mom a fait semblant de lui donner un coup de fourchette sur la main.

Présentement, Grand-Papi est avec Val dans sa chambre. On les entend rire et c'est une belle musique. C'est tellement beau le bonheur. ☺

(…)

Ah non! J'avais complètement oublié qu'Alex m'avait invitée chez lui à un party ! Sur Messager, il m'a demandé de l'appeler.

- Tu viens, finalement ?

- Nan, il est trop tard. Mes parents ne vont pas me laisser sortir. Désolée!

- *Come on*! C'est *full* plaisant. Il y a de la *muze*, les gens dansent...

- Ça me tente, je te jure, mais je ne peux vraiment pas. On va se reprendre.

- Allez. Mes parents ne sont pas là. On va triper ensemble.

- Désolée, Alex. Je ne suis pas certaine que mes parents me laisseraient aller si tes parents ne sont pas là.

- T'as pas besoin de leur dire. Je ne peux pas croire qu'une beauté comme toi va passer un samedi soir toute seule! Je vais te jouer dans les cheveux, si tu viens...

- Comment il se fait que je n'entends pas de musique? Tu ne m'as pas dit qu'il y en avait?

- Oh... Euh... Je suis... Je suis en haut. Le party est en bas.

Hum... La conversation m'a laissé une drôle d'impression. Et il a tellement insisté que c'était limite désagréable. Bizarre...

Je vais aller me coucher.

Arme de
destruction
massive

Namx♡x

Publié le 3 septembre à 18 h 22 par Nam
Humeur : Désillusionnée

> Alex, ce coquin

J'en ai appris une bonne aujourd'hui…

Ce matin, j'ai fait mes devoirs et après, je suis allée chez Kim. Elle voulait que je l'aide à se percer le croquant de l'oreille (le vrai nom est cartilage) pour se mettre une autre boucle. Elle s'est levée avec cette idée-là ce matin. Au début, elle pensait que ça allait être facile, genre je plante l'épingle dans son cartilage, je pousse un peu et le tour est joué. Pas si facile…

Avec de l'alcool à friction (j'adore cette odeur !), on a désinfecté l'épingle. Puis j'ai commencé l'opération.

Dès que je la touchais avec la pointe, elle se mettait à hurler de douleur. Des fois, elle commençait même à couiner avant que je la touche. J'ai suggéré d'oublier ça, mais elle y tenait absolument.

Elle est allée chercher des cubes de glace dans le congélateur et les a mis dans une serviette qu'elle a appliquée sur son oreille pendant deux ou trois minutes, tout en hurlant toutes les dix secondes que c'était froid. Je lui ai demandé si elle voulait que je mette les glaçons quelques minutes au four à micro-ondes, elle m'a tiré la langue.

Quand son oreille a été suffisamment gelée à son goût, donc pas du tout, j'ai fait une autre tentative qui n'a pas réussi parce qu'elle s'est levée et a commencé à courir dans sa chambre en se tenant l'oreille qui saignait un peu.

- Je suis blessée! elle m'a dit en regardant la goutte de sang sur sa main.

- Ouais, eh bien, tu t'attendais à quoi? J'essaie de faire pénétrer une épingle dans ton oreille!

Elle a pris son agenda scolaire et s'est mise à compter les jours sur le calendrier des premières pages.

- OK, c'est bien ce que je croyais. Je suis en S.P.M. Nam, tu dois me faire une promesse, d'ac?

J'ai fait oui de la tête.

- Chaque fois que je vais être en S.P.M. et que j'ai une idée stupide, empêche-moi de la mettre en œuvre, d'ac? C'est maintenant ta responsabilité. S'il m'arrive quelque chose, tu en seras responsable. La dernière fois, je voulais absolument porter des lunettes. J'ai pris les vieilles de mon père des années 80, j'ai enlevé les verres et pendant genre deux jours, je me suis promenée avec les montures en me trouvant tellement *cool*. Je suis même allée à l'école avec. Je pensais partir une mode.

Elle a sorti les montures d'un tiroir de sa commode. Tellement affreuses! Ce que les hormones peuvent nous faire faire...

On a placoté pendant tout le reste de l'après-midi. Elle m'a encore reparlé du t-shirt et du secret que je gardais en moi.

- Je suis trop intriguée. Ça m'empêche même de dormir.

- Je vais te le dire un jour ce qui s'est passé, mais pas maintenant. Je ne suis pas prête.

- Si je te dis un secret, tu vas me dire le tien ?

- Peut-être.

- Un vrai secret. Un truc que presque personne ne sait.

- T'as un vrai secret enfoui en toi ?

- Oui. Un vrai de vrai.

- Bon. C'est toi qui m'intrigues, maintenant.

- Dès que tu seras prête, je le serai.

Je suis de plus en plus à l'aise avec Kim. Au début, je dois avouer qu'elle m'intimidait un peu. Elle prend beaucoup de place. Mais avec le temps, je prends la mienne. Et elle et moi, vraiment, on se complète. Quand je parle, elle m'écoute vraiment. Et quand elle parle, je m'intéresse vraiment à ce qu'elle dit. C'est rare.

- T'as déjà eu un *chum* ? elle m'a demandé.

- Oui.

Elle a fait un sourire.

- D'accord.

- Mais ça s'est mal terminé.

Je n'aurais pas dû dire cela. Je m'en suis voulue. Inévitablement, la question qui a suivi a été :

- Pourquoi ?

- Ça fait partie de mon secret. Toi, t'as déjà eu un *chum* ?

Elle m'a tiré la langue.

- Ça fait partie de mon secret.

Je crois que la vraie raison pour laquelle je ne veux pas parler de Zac est que j'ai peur que ça me fasse mal. Genre que si j'en reparle, je vais encore souffrir. Ma psy m'a pourtant dit que le meilleur moyen de vivre mon deuil est justement d'en parler. J'ai peut-être été traumatisée par ce que j'ai vécu à mon ancienne école. J'étais devenue « la fille dont le chum est mort pendant qu'elle lui parlait sur son cellulaire ». Comme si j'avais perdu mon identité. Ici, je suis Namasté. Je n'ai pas de passé.

Finalement, Kim et moi en sommes venues à parler d'Alex.

- Il m'a invitée à un party hier soir.

- Vraiment ? T'es allée ?

- Non.

- T'as bien fait.

- Pourquoi ?

- Parce que les partys du samedi soir d'Alex ne sont pas vraiment des partys.

- Hein ?

Et c'est alors qu'elle m'a expliqué qu'Alex avait fait le coup à Isabelle l'année dernière. Il lui a dit qu'il avait organisé un party, elle s'y était rendue, mais elle s'était vite rendu compte qu'elle était la seule invitée.

- Un peu comme une araignée qui attire sa proie dans sa toile. Alex vit avec son père qui travaille le soir. Il est souvent seul.

- Et qu'est-ce qui s'est passé ?

- Ils ont regardé un film et ils ont *frenché*. Le lundi matin, Isa pensait qu'ils sortaient ensemble. Mais non. Il a fait comme si de rien n'était. Et il ne lui parlait presque plus, alors qu'avant il était collé sur elle tout le temps. Puis il a commencé à *cruiser* l'autre Isabelle.

- C'est dégoûtant.

- Ouais. C'est pour ça que j'avais peur pour toi. Qu'il te fasse mal.

Je l'ai échappé belle. Si les circonstances avaient été favorables, je serais allée à son supposé party. Ça me fait du bien d'être avec Alex. Mais si c'est pour me faire jeter comme un vieux *kleenex* après usage, non merci.

Justement, il est en ligne. Je suis supposée faire quoi ? Être *full* frue avec lui ? Faire comme si de rien n'était, comme une nounoune naïve ? Le bloquer et ne plus lui parler ? En fait, il mériterait une bonne leçon.

(…)

Je viens d'avoir une idée. ☻

J'espère que ça va marcher.

> Est bien pris qui croyait prendre

Ah! Ah! Je crois que je viens de donner une leçon à Alex. J'espère qu'il a compris le message.

Demain, c'est la fête du Travail, donc j'ai congé d'école. Ça m'a permis de mettre mon plan en branle.

Voici ma conversation avec Alex :

Nam : Alex!

@lex : Nam!

Nam : Tu fais quelque chose ce soir?

@lex : Ce soir. Non, pense pas.

Nam : T'as le goût de venir chez moi?

@lex : Ce soir?

Nam : Ouais. 🙂

@lex : Ché pas. Faire quoi?

Nam : Quelque chose de vraiment excitant.

@lex : 😮

Nam : Genre quand mes parents vont être couchés.

@lex : *Cool.* C'est vers quelle heure, ça?

Nam : Mes parents se couchent à 22 h. Arrive à 22 h 30. Utilise la porte arrière. On va faire ça sur mon lit.

@l&x : *Wow*. OK. T'es sûre qu'on ne va pas se faire *pogner*?

Nam : Non, non. On va rester silencieux.

@l&x : OK.

À 22 h 30 pile, Alex était à la porte arrière. Dès que je l'ai vu, j'ai mis mon index sur ma bouche pour lui faire signe de se taire.

- T'es prêt? j'ai demandé en chuchotant.

- Je suis excité, il m'a dit.

- Moi aussi.

Je lui ai donné un baiser sur la joue. Le baiser de la trahison. Hé, hé…

Je lui ai tendu la main, qu'il a prise. Puis je l'ai entraîné dans ma chambre. Et j'ai ouvert la porte. Son visage valait un million de dollars.

Assis sur mon lit, il y avait Kim, Tintin, Fred et Grand-Papi. Tous réunis autour du kit de philatélie que Mom a acheté à mon frère.

- Ce n'est pas ce que tu penses, j'ai dit à Alex. Les timbres, c'est VRAIMENT excitant. Si mes parents savaient ce que je fais, ils me tueraient!

Pendant les trente minutes qui ont suivi, Kim, Tintin, Fred, Grand-Papi et moi, on a fait semblant de capoter comme des fous sur les timbres. On a donné le rôle le plus poche à Alex : fallait qu'avec le portable, il trouve le pays d'origine du timbre, la date de sortie et l'équivalent de sa valeur en dollars! 😃

Grand-Papi en a un peu trop mis. Chaque fois qu'il regardait un timbre, c'était comme si c'était un trésor pour lui. Il n'arrêtait pas de dire qu'il allait mourir d'une crise cardiaque tellement il était excité. Et quand il le donnait à Alex, il n'arrêtait pas de lui dire de faire attention, que ce timbre était une « découverte incroyable ».

Et puis il y a Tintin qui a commencé à se coller des timbres un peu partout sur le corps et à dire que ça le mettait dans un état proche du nirvana. Il s'est couché sur le sol, ses yeux se révulsaient, et il a commencé à parler dans une langue étrangère.

Fred, pendant ce temps-là, sans aucune raison, faisait des bulles avec sa salive. Dégueu!

Je leur avais dit d'agir UN PEU bizarrement. Mais quand même pas qu'on ait l'air d'une famille ayant des chromosomes radioactifs!

Genre vingt minutes plus tard, Alex a regardé sa montre et il a dit qu'il devait partir parce qu'il avait peur de se faire prendre par son père. Je suis allée le reconduire à la porte.

- C'était excitant, non?

- Ouais, ouais.

Je me suis approchée et j'ai posé un baiser sur sa bouche.

- Merci d'être venu.

Comme s'il venait tout juste de se réveiller d'un cauchemar ou qu'il venait de passer douze rounds dans une arène de boxe à se faire tapocher par un champion

poids lourd, Alex s'est dirigé vers sa bicyclette, l'a che-
vauchée et est parti.

Et on a ri un bon coup.

On verra comment il va me traiter la prochaine fois
que je le verrai.

Publié le 4 septembre à 11 h 45 par Nam
Humeur : Désorientée

> Appelez-moi Belle au bois dormant

Je viens de me lever. Je me suis couchée vraiment trop tard. Ou trop tôt, plutôt. Genre il était quatre heures du matin. Kim a dormi ici, finalement. On a tellement placoté que j'en ai mal à la langue.

J'haïs ça me lever si tard. La moitié de la journée est déjà passée. 😕

Kim et moi avons dormi dans le même lit. C'est Kim qui m'a réveillée en fourrant un de ses doigts dans mon nez. Elle se trouvait très drôle. Pendant ce temps-là, je rêvais qu'une mouche était entrée dans une de mes narines.

Je ne sais pas trop ce qu'on va faire aujourd'hui. Tous mes devoirs sont finis. Il ne me reste plus qu'à perdre mon temps.

Je sais que Kim veut préparer sa « campagne électorale ». Elle m'a demandé hier soir si je voulais être sa directrice. J'ai accepté même si je ne sais absolument pas ce que ça signifie.

L'école lui donne un budget de cinquante dollars. Elle va faire des affiches et des macarons. Elle doit aussi préparer un programme et y inscrire ses promesses. Ah oui, il y a Tintin et Fred qui vont lui créer un site internet. Elle était vraiment contente. Elle se présente comme présidente de l'école, finalement. Même si statistiquement, elle n'a pas beaucoup de chances d'être élue étant donné qu'elle est en secondaire 2. Ce n'est pas le courage qui lui manque.

On verra bien.

(…)

On a décidé d'aller au cinéma. À plus.

Publié le 4 septembre à 18 h 06 par Nam
Humeur : Intriguée

> **Plus d'action dans ma vie que dans un film**

Pop et Mom sont partis manger au resto seuls. Ça tombe bien, je n'ai pas faim. J'ai trop mangé de cochonneries au cinéma. 😕 Tout ce que je pouvais me mettre dans la bouche et qui est interdit, je l'ai fait. Du maïs soufflé *full* beurre, des tortillas avec plein (trop !) de substance jaune, grasse et radioactive et, surtout, de la réglisse rouge. Un GROS paquet. En faisant un peu attention pour que ça ne me reste pas coincé dans les broches.

Est-ce que je me sens coupable ? Non. Peut-être que je devrais.

C'est ce qui arrive quand je déjeune tard. Mon système est tout déréglé.

Quand je suis arrivée à la maison, je me suis précipitée dans la salle de bains et j'ai dirigé le jet ultra méga puissant du pommeau de douche dans ma bouche. J'ai ainsi effacé toutes les traces de mon crime.

Le film ? Ultra mauvais. Vraiment. Mais pas mauvais comme je les aime. Une comédie avec plein de gags super vulgaires. J'avoue que j'ai ri à quelques occasions. Mais si mes parents étaient allés le voir, il aurait fallu les sortir de là en civière, victimes tous les deux de spasmes incontrôlables et de battements de cœur irréguliers.

Je m'en veux encore d'avoir dépensé huit dollars pour ça. Le pire? Je ne me rappelle même plus de l'histoire.

Après, on est sorties de la salle. À un moment donné, alors qu'on allait passer devant le kiosque à bonbons, Kim a tiré sur mon chandail pour m'arrêter.

- Quoi?

- Je ne peux pas passer.

- Pourquoi ?

- La fille au comptoir.

Une fille normale. Brune, les cheveux assez courts et grande. Notre âge, peut-être.

- Il ne faut pas qu'elle me voie, a poursuivi Kim.

- Pourquoi?

- C'est Isabelle. Je ne veux juste pas qu'elle sache que je suis ici.

Je lui ai passé mon sac de maïs soufflé.

- Mets ça sur ta tête, je lui ai dit en blague.

Eh bien, si j'avais acheté un format plus grand, je suis sûre qu'elle l'aurait fait !

Elle s'est réfugiée dans les toilettes.

- Qu'est-ce qui se passe? j'ai demandé, comme s'il s'agissait d'un caprice ridicule.

Mais Kim n'entendait pas à rire.

- Je ne veux pas qu'elle me voie. Si j'avais su qu'elle travaillait ici, je ne serais pas venue.

- Eh bien, regarde devant toi et fonce tout droit vers la sortie.

- C'est ce que je vais faire, mais je vais attendre qu'elle serve un client. Je serai plus sûre de mon coup.

On a attendu quinze minutes dans les toilettes. Toutes les trente secondes, je sortais la tête pour voir si la fille était occupée. Comme on était entre les séances, elle ne faisait rien. Puis les clients sont arrivés.

Je lui ai finalement donné le signal qu'elle attendait.

- Go !

Presque en courant, Kim est sortie en trombe des toilettes et la tête baissée, fixant le sol, elle s'est précipitée vers la sortie. Dès qu'elle a été hors de la vue de la fille, elle s'est exclamée :

- Ouf !

Elle semblait aussi soulagée que si elle venait de fuir une horde de mascottes qui auraient voulu la prendre dans leurs bras.

- Tu dois me dire ce qui se passe.

Elle s'est mise à marcher.

- C'est compliqué.

- Qui c'était ?

- Isabelle. Elle était à notre école l'année dernière.

- Isabelle… Est-ce que c'est l'autre Isabelle qui s'est fait avoir par Alex ?

- Ouais, c'est elle.

- D'accord. Mais pourquoi la fuir ? T'allais pas attraper la peste si elle t'avait vue.

- C'est compliqué, elle a dit une autre fois.

Puis, une lumière s'est allumée dans mon esprit.

- Attends un instant… Est-ce que ça a rapport avec Alex ? Un genre de triangle amoureux ? Genre que t'aimais Alex et qu'elle aussi et que ça a fait des histoires ?

Kim n'a pas parlé.

- Kim ?

- C'est un triangle amoureux, oui. Mais complexe. Pas comme on en voit d'habitude.

D'ailleurs, pourquoi appelle-t-on ça un triangle « amoureux » ? Ça finit toujours mal. On devrait plutôt dire que c'est un triangle « venimeux », non ?

- Et ça fait partie de ton secret ?

- Oui.

(…)

Wow. Il vient d'avoir un gros bruit, comme celui d'une explosion et de la vitre cassée. Et puis l'alarme d'incendie sonne. Je reviens.

Enfin une
explication au
Big Bang

Namx♡x

Publié le 4 septembre à 20 h 41 par Nam
Humeur : Tendue

> Fred doit se trouver un hobby, et vite!

Les pompiers sont venus! Il y a à peine une demi-heure, il y avait deux camions stationnés devant la maison, trois autos patrouilles et une ambulance.

Fred et Tintin étaient dans la cuisine où ils réchauffaient des restants pour souper. Puis Fred a eu une idée géniale : s'amuser avec le four à micro-ondes. Pas mettre un verre d'eau dedans et le regarder bouillir. Trop plate. Il a plutôt eu le goût du risque. Tintin lui a dit de ne pas déconner, mais mon ortho de frère, grand expert en micro-ondes, lui a dit qu'il n'y avait « aucun danger ».

Première expérience : une truite (morte, bien entendu). Après trois minutes, la tête a explosé. C'était drôle, mais pas assez excitant à son goût.

Deuxième expérience : il a déposé sur le plateau une fourchette en métal. Il a fait démarrer le four, ça a fait quelques éclairs, puis il a arrêté. Intéressant, mais pas nécessairement palpitant.

Troisième et dernière expérience : un vieux téléphone cellulaire . Celui qui appartenait à mon père et qui reposait sur le dessus du frigo depuis toujours.

Fred s'est dit qu'avec la pile, ce serait encore mieux. Tintin a tout fait pour le dissuader, sauf que mon frère

185

lui a assuré qu'il allait laisser son doigt sur le bouton « Arrêt » et qu'il n'allait pas hésiter à appuyer dessus si ça devenait trop intense.

Il a réglé le four à 30 secondes. Après 10 secondes, le plastique a commencé à faire des bulles. Cinq secondes plus tard, il y a eu des éclairs. Tintin a dit à Fred d'arrêter, mais il ne l'a pas écouté. Encore cinq secondes et ils ont eu droit à un feu d'artifice. Ensuite, Fred a dit qu'il ne restait « que 5 secondes ». Puis, à une seconde de la fin, BOUM !

Le téléphone dans le four à micro-ondes a explosé, la porte du four s'est détachée et elle est allée percuter la porte patio. Le four s'est enflammé. Fred a tenté d'éteindre le feu avec le reste du morceau de truite qu'il avait fait exploser (!?), mais il n'y est pas arrivé. Il s'est plutôt brûlé la main. Pendant ce temps, la seule chose que Tintin est parvenue à faire a été de répéter « je te l'avais dit », « je te l'avais dit ».

Parce que notre détecteur de fumée est relié à la centrale d'alarme, eh bien, les pompiers sont arrivés quelques minutes plus tard. Ils ont éteint le feu avec un extincteur. Il y en avait quelques-uns de pas mal beaux, d'ailleurs 😳. (Des pompiers je veux dire.)

Pendant que des policiers tentaient de savoir ce qui s'était passé en interrogeant Grand-Papi, une ambulancière a fait un pansement autour de la main de Fred.

Et c'est à ce moment que mes parents sont arrivés.

Ouch.

Au début, Pop croyait qu'on s'était fait voler. Puis, quand Grand-Papi lui a expliqué ce qui s'était passé, il est allé voir Fred et devant tout le monde, les pompiers, les ambulanciers, les policiers et les voisins, il l'a engueulé d'aplomb. Il en a vraiment mis. Il criait et les postillons lui sortaient de la bouche. Son visage était rouge, on voyait les veines dans son cou. Jamais vu mon père comme ça. Il faisait peur.

Fred a essayé de se défendre, mais il n'y avait rien pour justifier la connerie qu'il venait de faire. Il a dit que c'était parce qu'il n'avait plus accès à l'ordinateur, qu'il était désorienté et qu'il cherchait des « sensations fortes ». Tellement n'importe quoi.

Je me sentais quand même mal pour mon frère.

Pop l'a envoyé dans sa chambre et il s'est excusé auprès des policiers.

Tintin, Grand-Papi, Mom, Kim (qui était sortie de chez elle après avoir entendu l'explosion) et moi, on est allés faire le ménage de la cuisine. Pas mal de dégâts. Il faut remplacer la porte patio, le four à micro-ondes, deux portes d'armoire qui ont été léchées par les flammes et six carreaux du plancher. Et va falloir laver les murs ou, au pire, les repeindre. Et il y a la fierté de Fred qui a été sérieusement écorchée.

Ah oui, il a aussi fallu qu'on se débarrasse de la truite. Elle n'avait vraiment pas l'air appétissante. Tintin est allé l'enterrer dans le jardin parce qu'elle a fait, selon lui, un « acte héroïque ». Eh puis, le drame : pendant que Tintin creusait un trou avec une pelle à neige (il n'a pas trouvé l'autre), Youki mon petit chien d'amoouurr s'est emparé de la truite et est allé la dévorer je ne sais trop où. Tintin était sens dessus dessous. La vie est cruelle.

Je vais aller lire pour me changer les idées. Demain, c'est l'école.

> Trouvé (pour de vrai, cette fois !)

Aujourd'hui, à l'école, j'ai fait un face à face avec le gars qui porte le fameux t-shirt de Zac. Ma réaction ? J'ai gelé. Je suis restée paralysée comme si mes pieds et ma bouche avaient été soudés avec de la colle ciment. Heureusement, j'ai repris mes esprits et j'ai rattrapé le gars.

Oui, il ressemble un peu au portrait robot que Kim a dessiné. Non, il ne pleurait pas. Et non, il n'a pas des oreilles de lutin, d'ogre ou de fée ou de quelque chose du genre.

C'était pendant l'heure du dîner. Je marchais vers les toilettes quand il est sorti d'un local avec son sac à dos sur l'épaule. Ses yeux ont croisé les miens, il m'a fait un sourire. Ça aurait été vraiment stupide de le laisser partir. Je me suis ressaisie à temps. 😌

Alors. Il s'appelle Michaël. Il a 16 ans. Il est en secondaire 4. *Full* gentil, mais timide. On a dîné ensemble. Il est végétarien et l'environnement lui tient à cœur.

Au début, je crois qu'il pensait que je le niaisais parce qu'il avait les sourcils froncés et m'écoutait d'une seule oreille (l'autre étant occupée par un des écouteurs de son lecteur MP3).

Et puis, je n'ai pas pu retenir mes larmes. Je me suis effondrée devant lui. Je me sentais vraiment conne. Il m'a amenée avec lui dans un local. Il a retiré son écouteur et m'a pris dans ses bras. Et ça m'a fait un bien énorme. Combien de temps j'ai pleuré ? Je ne sais pas. Deux minutes ? Cinq ? Quinze ? Son t-shirt était imbibé de mes larmes quand j'ai retiré ma tête du creux de son épaule.

Il a acheté le t-shirt dans un magasin de vêtements usagés, au printemps dernier. Il l'a trouvé vraiment *cool* parce qu'original. Il n'en avait jamais vu un comme ça auparavant.

Est-ce le t-shirt que Zac portait quand il a eu son accident ? Aucune idée. Sûrement.

A-t-il passé quelques jours l'été dernier au milieu de nulle part dans une forêt toute proche du chalet de mon grand-père ? Oui. C'était donc lui. 😶

Michaël trouve les hasards hallucinants ; moi aussi, d'ailleurs. Il n'y a pas d'explication rationnelle. C'est comme ça.

Michaël m'a parlé d'un truc qu'il a lu dans un livre. Ça s'appelle la synchronicité. Ce sont des hasards incroyables qui ont une signification particulière pour la personne qui les vit. Des coïncidences qui ont une chance sur des millions de se produire.

Michaël m'a donné un exemple : supposons qu'un homme pense à une femme, son amour de jeunesse par exemple. Il tente de la joindre, pour savoir comment elle va, ce qu'elle est devenue, mais il n'y arrive pas. Le lendemain, alors qu'il est arrêté devant un feu rouge, une automobile frappe son pare-choc arrière. Il sort pour voir s'il y a des dégâts. Qui était au volant de l'auto qui l'a percuté ? Son amour de jeunesse.

Que ça arrive une fois, c'est peu probable, mais possible. Deux fois ? Impossible. Et pourtant, c'est ce que j'ai vécu.

Comment je dois interpréter cela ? Je suis allée voir Grand-Papi en rentrant de l'école. Il m'a dit qu'il y avait probablement des lois de la nature qu'on ignorait et qu'il fallait tout simplement les accepter sans trop se poser de questions. Facile à dire.

Je crois que c'est un message de Zac. Juste pour me dire qu'il est encore là et qu'il pense à moi.

Le mystère du t-shirt est donc résolu. Et j'ai un nouvel ami. Michaël m'a donné son adresse courriel, il aimerait qu'on s'écrive. Il me trouve « spéciale ». C'est positif, je crois.

Michaël a retiré le t-shirt et me l'a remis. Il en avait un autre dans son sac à dos.

Le t-shirt est sur ma commode. Je ne sais pas trop quoi faire avec. On verra.

Autres nouvelles : à l'école, j'avais peur qu'Alex commence à dire à tout le monde que je vivais dans une famille de fous (ce qui est la stricte vérité). Eh bien, il m'a collée toute la journée ! 😎 Genre il m'a demandé s'il pouvait transporter mon sac. J'ai accepté, bien entendu. Kim dit qu'il est comme mon esclave. Hé, hé... Toujours selon Kim, parce que je ne cède pas à son charme, ça le rend fou de moi. Eh bien... Je vais en profiter pendant que ça passe. 😊

(…)

Nouvelle de dernière minute : Tintin m'a rapporté que ça va coûter 1500 dollars pour réparer les suites de l'explosion thermo-micro-ondes-cellulaire qu'on a pu voir de la Lune. 😐 Pop a eu une discussion avec mon frère ce matin avant d'aller à l'école, il s'est excusé d'avoir été aussi dur avec lui. Pop pense qu'il a eu cette réaction parce que mon frère aurait pu mourir. Fred aussi s'est excusé, il a dit qu'il avait fait une connerie et qu'il ne recommencerait plus. J'espère !

J'ai des devoirs de maths en masse.

Publié le 6 septembre à 2 h 01 par Nam
Humeur : Insomniaque

> Pas à moi

C'est décidé : je vais redonner le t-shirt à Michaël. Il doit continuer sa vie de t-shirt, c'est-à-dire être porté.

Je me suis couchée avec, dans l'espoir de retrouver un peu de l'odeur de Zac. C'est plus la sueur et le parfum de Michaël que j'ai senti. Pas désagréable, d'ailleurs.

Je tourne et retourne dans ma tête ce qui s'est passé, il n'y a pas de logique. Grand-Papi m'a dit d'accepter la situation et de ne pas me poser de questions, mais je n'y arrive pas. C'est trop de coïncidences, ça doit vouloir dire quelque chose.

J'ai *tchatté* avec Michaël ce soir. Il veut me voir demain matin avant le début des cours, il dit qu'il a un cadeau pour moi. C'est vraiment un gars bien. Mais bon, il a 16 ans, j'en ai 14. On verra bien.

Quand je lui ai dit que j'allais lui remettre le t-shirt, il m'a dit que chaque fois qu'il allait le porter, il allait avoir une pensée toute spéciale pour Zac. Et qu'il allait y faire attention. Il est vraiment gentil.

Ah oui, j'ai aussi promis à Kim de lui dire mon secret. Je vais enfin connaître le sien. À voir la réaction qu'elle a eue au cinéma, je m'imagine plein de choses. Genre qu'elle a volé Alex à Isabelle. Ou le contraire. Ou

une affaire plus grave encore. Un viol. Nan… J'exagère.
Je dois contrôler mon imagination.

Je dois surtout dormir.

Publié le 6 septembre à 16 h 48 par Nam
Humeur : Estomaquée

> Je suis sur le derrière

Je reviens de chez Kim et je suis, comment dire… ? Bouleversée. Vraiment toute à l'envers.

Tel qu'entendu, on s'est confié nos secrets. Je croyais que le mien allait être dur à battre. Je me suis trompée. D'aplomb.

C'est moi qui lui ai dévoilé le mien en premier. Je lui ai tout raconté. Elle a même versé des larmes. Puis ça a été son tour.

Je n'arrive pas encore à y croire.
En plus, ce n'est pas une révélation qu'elle m'a faite,
mais bien DEUX !

Je n'ose pas en parler, pour l'instant.
Je suis trop secouée.
Je vais aller prendre un peu d'air.

À suivre dans le tome 4 :

Le blogue de Namasté
Le secret de Kim

Phobies-Zéro Jeunesse

Maxime Roussy est porte-parole de **PHOBIES-ZÉRO volet jeunesse**. Il s'est donné comme mission, entre autres, de démystifier les troubles d'anxiété chez les jeunes en leur racontant avec humour ses expériences liées à son trouble panique avec agoraphobie.

Tu n'es pas seul. Plusieurs personnes se sentent comme toi. La bonne nouvelle c'est que nous pouvons t'aider!

Pour savoir par où commencer, visite le

www.phobies-zero.qc.ca/voletjeunesse

ou communique avec nous au :

(514) 276-3105 / 1 866 922-0002

Du même auteur

Le blogue de Namasté - tome 1
La naissance de la Réglisse rouge
Éditions Marée Haute, 2008

Le blogue de Namasté - tome 2
Comme deux poissons dans l'eau
Éditions Marée Haute, 2008

Pakkal X - Le mariage de la princesse Laya
Éditions Marée Haute, 2008

Pakkal - Le deuxième codex de Pakkal
Éditions Marée Haute, 2008

Pakkal IX - Il faut sauver L'arbre cosmique
Éditions Marée Haute, 2008

Circus Galacticus - Al3xi4 et la planète de cuivre
Éditions Marée Haute, 2007

Pakkal VIII - Le soleil bleu
Les Éditions des Intouchables, 2007

Pakkal VII - Le secret de Tuzumab
Les Éditions des Intouchables, 2007

Pakkal VI - Les guerriers célestes
Les Éditions des Intouchables, 2006

Pakkal V - La revanche de Xibalbà
Les Éditions des Intouchables, 2006

Pakkal IV - Le village des ombres
Les Éditions des Intouchables, 2006

Pakkal - Le codex de Pakkal, hors série
Les Éditions des Intouchables, 2006

Pakkal III - La cité assiégée
Les Éditions des Intouchables, 2005

Pakkal II - À la recherche de l'Arbre cosmique
Les Éditions des Intouchables, 2005

Pakkal I - Les larmes de Zipacnà
Les Éditions des Intouchables, 2005

ACHEVÉ D'IMPRIMER AU CANADA